刘成信/主编

中国杂文

ZHONGGUO ZAWEN

（百部）卷七

聂绀弩集

NIEGANNU JI

吉林出版集团股份有限公司
全国百佳图书出版单位

图书在版编目（CIP）数据

中国杂文百部．现代部分．第7卷．聂绀弩集 / 聂绀弩著；刘成信主编．-- 长春：吉林出版集团股份有限公司，2014.9

ISBN 978-7-5534-5468-9

Ⅰ．①中… Ⅱ．①聂… ②刘… Ⅲ．①杂文集－中国－现代 Ⅳ．①I26

中国版本图书馆CIP数据核字（2014）第210996号

聂绀弩集

NIEGANNU JI

出版人　吴文阁
作　者　聂绀弩
主　编　刘成信
责任编辑　金方建
封面设计　梁文强
开　本　650 mm × 950 mm　1/16
字　数　80千字
印　张　12
版　次　2015年1月第1版
印　次　2020年5月第1版第3次印刷
出　版　吉林出版集团股份有限公司
发　行　吉林音像出版社有限责任公司
　　　　吉林北方卡通漫画有限责任公司
地　址　长春市泰来街1825号　邮　编：130062
电　话　总编办：0431-86012893　发行科：0431-86012770
印　刷　三河市华晨印务有限公司
ISBN 978-7-5534-5468-9-02　定　价：28.50元

《中国杂文》(百部)
总　序

刘成信

一

人类的文学艺术,源远流长,丰富多彩。随着社会的推进、发展,其分门别类日益精细——从最初的歌曲、舞蹈、神话、故事等逐步演绎出诗、散文、小说、戏曲。直到上个世纪初,科学技术与文学艺术融合,又有了电影、电视剧等。

有一种文学艺术虽然在中国问世两千余年,由于后人未给予“名分”,以致到二十世纪初,才从文学艺术谱系中分野出来,这就是古老而年轻的杂文。

人类和自然界大体都遵循适者生存的法则萌芽、生长与消弭。两千多年来,杂文本应与小说、诗、散文、戏剧、音乐、电影等姊妹艺术一道,繁花似锦、根深叶茂。然而,它没有像先贤们渴望的那样,而是纤弱,时生时灭,时有时无,同其他汗牛充栋的文学艺术作品相去甚远。

二

时序到 1915 年,中华文学艺术宝库迎来新曙光,一个精灵出现了——杂文在多灾多难的中华大地,被一些先知先觉的知识分子接受了!

杂文这个新成员一俟来到华夏，其特性便与众不同——首先是符合社会发展规律，它主张顺应历史潮流。它不重复生活，不还原历史，不演绎过去，而最突出展示将来，预期社会走势，判断人间是非。

杂文一俟来到华夏，便告之，它向往和平、民主、科学、自由、平等、人道、富裕及真善美；杂文憎恶专制、昏聩、愚昧、野蛮、特权、贪婪、奴性、虚伪及假恶丑。杂文与其他文学艺术既相通又有自己的特性。

杂文一俟来到华夏，就融于文学大家族，与各种文学艺术形成天然的血肉联系。它不像小说刻画人物，而是粗线条勾勒人与事；它不像诗、散文等那样纤细、抒情，而是明白如话，开诚布公。但杂文能够调动各种姊妹艺术如寓言、故事、说唱、戏曲、元杂剧等“为我所用”。

杂文一俟来到华夏，它就友好地“拿来”社会科学乃至自然科学的多种文化元素。它不是政治学，但只有不迷失政治选择，才能解析身边社会的变数；杂文不是社会学，但只有掌握瞬息万变的时代脉搏，才能适应人间丛林法则；杂文不是历史学，但人总应拨开历史雾障，略知历史长河的走向；杂文不是生理学不是心理学，但它能解剖人性、解读人生、理顺人际关系；杂文不是方法论，但它无处不闪烁思想方法光芒；杂文不是文艺学，但它评价文艺现象既深刻又形象；杂文不是美学，但每篇优秀杂文无不抨击假恶丑，无不向往美、赞扬美……

理解杂文、认识杂文，才能与杂文为友，才懂得杂文的大爱。杂文真的是半部百科全书。

三

杂文打捞历史风尘，知耻近于勇。杂文对于文化批判，社会批判，历史批判，人性批判，世世代代惹来不知多少是非。

嫉妒杂文、讨厌杂文者，甚至欲将杂文从百花园中斩草除根，所以，杂文往往难以长成大树，多少代都不能像其他文学艺术那般枝繁叶茂。有人说杂文偏激，有人说杂文片面，有人说杂文招惹是非，更有人对杂文产生各种各样的误解。以至于把杂文称之为乌鸦，恨不得把一切不祥之物都推到杂文身上。

杂文，曾为作者“惹”下多少祸根，有人曾因杂文葬送自己的大好前途，多少代杂文人曾为自己带来难以洗清的污秽。

然而，实践证明，杂文只能为民众造福，世世代代多少志士仁人，曾为杂文洗刷了一切不实之词，它为人们启蒙越来越受人们欢迎。

四

本书作者共计三百八十位，分当代、现代、历代。

我们试图把1915年《新青年》“随想录”诞生前的杂文划为历代，1915年到1949年划为现代，从1949年到当今划为当代。

1915年“随想录”之前称之为杂文，主要是根据作品性质、特点，而不是按刘勰在《文心雕龙》所谈的“杂文”。

当代作家选五十位，每人一部杂文，五十篇左右。另有合集十部，每部二十几位作家，共二百多位作家，四百多篇作品；现代作家二十位，每位五十篇杂文，七万多字，另有四十多位杂文作家，十部合集；最后选七十多位历代杂文作家，均为合集，每篇作品都有注解、题解、古文今译。

当代五十位杂文作家大体是根据五点遴选的。

一、杂文创作时间超过二十年；二、曾创作有影响的杂文作品在三十篇以上；三、曾创作经典性杂文作品；四、作品强调思想倾向的同时，艺术性也不为之忽视；五、曾在国内组织带领作家创作杂文卓有成就者。

二十多年来，我曾在助手们协助下选编各种版本杂文集五十余部，选编如此大型杂文丛书，对我是一种尝试，深知其难度。这部《中国杂文》（百部）整整花费我四年时间。杂文作品浩如烟海，读数百册杂文集、数百万篇杂文作品，难免挂一漏万，特别是这部大型丛书在国内尚无参照系，错讹在所难免，恭请诸位指正。

选编者 2012 年 11 月 10 日

于长春杂文选刊杂志社

目录

谈《娜拉》

易卜生的《娜拉》对世界给予的影响之大，是用不着谈的。但在“中国”人的我们看来，娜拉的面貌，却不见得很清楚。因为是一个剧本吧，不容易描写主人公的日常生活，也不容易刻划她个人的性格；一个娇生惯养的绅士的小姐，一个被钟爱着的银行家的太太和三个小宝贝的母亲的娜拉，因为做了那样一桩得意的事，发觉之后竟意外地遭了丈夫的斥责的原故，马上就大彻大悟，认定举世皆非我独是，勇敢地摔掉在一块儿过了八年之久的丈夫，跟三个小宝贝，赤手空拳地跑到外边去。这样的事，至少在我个人，是感觉得不很亲切的。我相信：在某一个时代，会有像娜拉那样热情的勇敢的女性，只有剧本上的娜拉，隔我们却好像还很远。

我们也有我们的“娜拉”，并且有很多；都是有血有肉，耳鼻眉眼清清楚楚。这样的“娜拉”，说起来现在该有三十多岁了。形体上大约有一双裹坏过的大脚，扁平又窄狭的胸膊，耳朵上留着永久长不还原的针眼，甚至还有一口还未洗白的黄牙齿。他们大约生在知书识理的地主绅士的家庭，脑子里也许装进过些“女诫”、“女四书”甚么的；“中国”古先圣贤的大道，虽然始终莫测高深，多少也该被硬装进了一些，使她们很够资格做一个贤淑的妻子乃至母亲。

可是帝国主义的铁蹄踏到“中国”，加速了“中国”旧制度的崩溃；由于封建地主的觉悟，改弦易辙地从事工商业，形成一种新的势力，许多足以妨碍这新兴势力发展的旧东西，都被放在重新估价之列；“中国”人的生活就掀起了空前的浪潮，很快地到达了所谓“人的发现”或“自我觉醒”的时代。多谢她们的家庭社会地位，多谢那旧式的教育，本来是要被造成良妻贤母的她们却也被养成了能够感受三从四德以外的新东西的能力；使她们敏锐地感到她们的母亲以前的女性所不能感到的生活上的苦痛。并且不能忍受它，虽说母亲以前的女性都忍受过来了。包办的买卖式的婚姻，无知的凶残的配偶，愚暗的残酷的家庭的虐待或轻蔑，都在她们心上划上了深深的创痕。她们觉悟了，他们走了，摔掉了自己的家庭、配偶，甚至儿女。

不过她们的走，也不像剧本上那样自由自在，纵容慷慨。在昏黑的天空底下，瞒住家庭，瞒住朋友，孤零零地提着简单的行李去赶车搭船，向生疏的遥远的外乡走去，不知有多少机会可以被发见，阻止，弄回去受那禁闭，鞭笞，讥笑等等羞辱。走以前也许迟疑过，犹豫过；走以后也许后悔过；正走的时候，不用说，害怕，惊慌，提心吊胆，心情更是复杂。只要看看《白薇自传》跟白薇在《我与文学》上的表白，我们不难想象一个私逃的人的情景。至于她们所以采用逃的手段，无非说明那时候旧势力的强固，她们自己的力量薄弱，周围又没有能够实际帮助她们的什么；要跟家庭或配偶正面冲突起来，得到的不会是胜利，反是更大的迫害。无法之中的办法，只有这种消极的抵抗。谁知这种消极的抵抗，倒发生了积极的作用，她们的行为竟从婚姻问题、恋爱问题、家庭问题扩大开来，掀起法律、道德、经济、职业等等问题的浪潮，完成了那一时代的任务呢！

这是脚踏实地毫不夸张的"娜拉"。不必是什么英雄，自然完成了英雄的任务；不必有什么理想，自然合乎历史进展的法则。我们现在看来，她们的面貌像我们的姐姐妹妹一样熟悉；她们的性格、心情、思想像我们的密友一样容易了解；她们一点也不是戏剧上的人物，倒是我们现实生活中的朋友。

然而，“娜拉”的时代已经过去了，现在地主绅士的小姐的生活，已不像从前“娜拉”们所身受过的那样苦痛，不但住在大学的“东宫”或摩登的家庭，畅谈着婚姻、恋爱等问题的已大有人在，法律并且为她们增订或修改了不少的条文，都是从前“娜拉”们所未梦见的。从前的“娜拉”如果有现在这种优越的生活，又没有新的觉醒的话，也许会只穿穿最摩登的绒衣，看看张资平、张恨水的小说来消磨这有用的青春的吧。所以，与其说我们的“娜拉”都回到家庭去了或现在的女学生没有出息不能做“娜拉”，不如说现在地主绅士的小姐们的生活中已经不能产生“娜拉”，纵有“娜拉”，已不能引起大的注意，不算这一时代的代表的女性了。

新时代的女性，会以跟娜拉完全不同的姿态而出现。首先，就不一定是或简直不是地主绅士的小姐；所感到的痛苦又不仅是自己个人的生活；采用的战略，也不会是消极抵抗，更不会单人独骑就跑上战线。作为群集中的一员，迈着英勇的脚步，为婉转在现实生活的高压之下的全体的女性跟男性而战斗的，是我们现在的女英雄。这些女英雄，也许现在还是些无名的人物，也还没有到写新的《白薇自传》的时候；为了表现这种英雄，我们需要新时代的“易卜生”。

为我们的女英雄祝福！为新时代的“易卜生”祝福！

一九三五年一月二十七日

【选自聂绀弩著《蛇与塔》文献出版社一九四一年版】

关于哀悼鲁迅先生

几十万群众到鲁迅先生灵堂去瞻仰过遗容，上万的群众眼睛里噙着热泪，心里含着悲哀，口里唱着《哀悼歌》和《安息歌》，肃穆地送鲁迅先生的灵柩下了葬。在出殡的时候，几千人密集在万国殡仪馆的草场上，在门口，乃至马路上。一声喊："有人愿意拿花圈么?"回答是听不清、看不明的一片嘈杂和骚动，于是几百人变成"花圈队"了。一声喊："有人扛挽联么?"马上又是几百人变成"挽联队"了。"唱挽歌的人集合!"成千人就在一块儿发出他们的沉痛的歌声了!

连日以来，我们在报纸上看到全国各地追悼鲁迅先生的消息，那些消息代表着各地更多的群众的眼睛里的热泪，心里的悲哀，和没有瞻仰遗容，没有参加送殡的行列，没有当上"花圈队""挽联队""挽歌队"的遗憾！你们看见过这样的"挽联"么？一块比手巾大不了多少的肮脏的白布，上面写着像初小一年级学生的杰作一样的字迹，从那字迹所表示的是一种最简单的言词："鲁迅不死!”或者“哭鲁迅!”下面呢,有的是一大堆的名字,那些名字,我们无论什么地方都没有碰见过;有的却一个名字也没有,代替的是“××工人识字班”,“××店员读书会”等等。他们也许每人只凑出了一两个铜板,也许连一两个铜板也没有凑出,不过利用了一块现成的白布。然而他们的悼词,却成了挽联队争夺的对象,不用说,也就成了优胜者的锦标;至于有些用华丽的质料、工稳的言词做成的、耀眼的、达官贵人们的东西,在这场合,却悲哀地枕藉在人们的脚下受着践踏,最后才由失败者们赧颜地举起。像那样的挽联,全国各地只有更多,多到不知有多少倍,如果集合起来,那该是一个多么沉痛的壮观呢!

然而我们现在还没有用任何方式来哀悼鲁迅先生的自由!假如现在有几百万、几千万乃至几万万的群众,要同时在一个地方来追悼鲁迅先生,要用一个盛大的游行来纪念他,是完全可能的么?恐怕谁也不能有肯定的答复。从“出殡路由”的被限制,从那些用肮脏的、劣拙的挽联来向鲁迅先生表示敬意的人们,简直没有机会来送殡的这些事实看来,我们所有的自由并不比一个囚徒所有的还多。有毫无限制地哀悼鲁迅先生的可能的地方,在中国的版图之内,实在是太少了!在这样大的限制之下,公然有几十万群众来瞻仰遗容,有上万的群众来送殡，有更多的群众在全国各地完全自动地追悼着他，这对那些说鲁迅先生不过是个“孤独的老人的身影”“多余的人”的先生们，是多么清脆响亮的耳刮子哟！

我们应该知道，在那些此刻现在还有着权力的人们，要“国葬”他们的死者，要花百万千万乃至万万的金钱为他们的死者造一所坟墓，是容易的；要下令全国下旗志哀，要把一省、一县、一条马路、一个公园改成他们的死者的名字，要在许许多多的公共场所竖立他们的死者的铜像以及其他的任何纪念方式，是容易的。然而一小块肮脏的白布，一个真诚地从民众心坎里流出来的字，一个自动表示哀悼的人民，如其他们需要，恐怕就只有来向鲁迅先生这里借去了。

有权力的人，什么都可以做到，而且也无需自己做，自然有些“奴隶总管”巧立名目，不择手段地来逢迎主子。魏忠贤当权的时候，全国都有他的生祠，并且还进过圣庙，和孔夫子坐在一块儿；只是你不能问他怎样死以及死后的情形！读过《水浒传》的人总该记得“生辰纲”这个名词；那就是那时候的圣君贤相们的德政。可惜我知道的历史掌故很少，不知还有没有“结婚纲”“生儿女纲”“娶媳嫁女纲”“添孙儿孙女纲”等等名目，纵然没有，如果他们要做也一定可以做到的吧。做到了怎样呢？那结果我们已经知道了：第一，是“水泊梁山”；第二，是东南半壁的偏安天下；第三，是偏安天下也一齐完蛋大吉！嗟乎！“齐景公有马千驷，民无德称焉！”伯夷叔齐饿死于首阳之下，而使人闻风兴起，称道不衰。有人说：“身后是非谁管得，沿村听唱蔡中郎！”我说：不！那些齐景公、魏忠贤以及宋朝的圣君贤相，纵然在生前，要是和我们的鲁迅先生相比并，老百姓也是一望而知的。正像鲁迅先生所引用过的话：“一方面是庄严的工作，一方面是荒淫和无耻！”

鲁迅先生逝世后十二日

失掉南京得到无穷

上海抗战开始后四个月，我们的首都南京失陷在日寇手里了。那时候被困在南京的部队听说有多少师，人数有多少万，在寇军的飞机大炮的追击之下，仓皇退却，夺路而走，所谓“兵退如山倒”，不说直接死于敌人的炮火，就是自相践踏而死的战士听说也要用千，甚至用万来计算。我想南京的市街，那时候一定成了血的长江，血的大海，无论是敌人或自己的战士，活过来的，恐怕都免不了有一双红的脚和腿了。敌人自然是喊杀连天，声威百倍；就是我们奉令撤退的大军，料想也有悲壮的呼号和怒吼，如果这样，那声音恐怕会遮没了飞机炸弹的声音，吞蚀了大炮和步枪的声音，一句话，人的声音压倒了一切的声音。有人不知道帝国主义国家怎样屠杀弱小民族的人民么？不知道日本法西司蒂的疯狂到了怎样的程度么？请到我们中国来，在这里，南京的失守，已经不是第一次的大血战，大概也不会是最后一次的。哦！多么大的一笔血债哟！

然而我们的损失还不仅这些。那从异族手里夺回了汉家天下的朱洪武的墓上，那推翻了爱新觉罗氏的统治，一生里高喊打倒帝国主义的孙中山先生的墓上，如今，圣洁的贞女被淫污了似的，有了侵略的脚印了，十年来政府的建筑（这里通常用“建设”）：大学，研究院，图书馆，一切文化事业上的设备；军机库，飞机场，汽油汽车的堆栈，无线电台，一切军事或交通上的设备，都被敌人或自己烧成灰烬了！豪商，小市民，公务员们的产业，贫民的草棚，种田的，种菜的人们的田庄或菜圃一定也给彻底地破坏了，多少逃出了的人民失了业，失了家，离开了家人父子，在百里之外，千里之外，遥遥地望着那龙蟠虎踞的石头城里，从自己的产业，自己的辛勤的成果上发出来的烟火而悲伤叹息！

南京是我的第二故乡，我在南京足足住了五年之久。我初到南京的时候，城内还没有一条宽阔平坦的马路，街面上尽是破旧低矮的瓦屋，从北门桥到唱经楼那一条又窄又短的小街，在那时候还是南北交通的要道，汽车，马车，人力车和步行的人们，每天都挤得水泄不通，每天都会有几件为了拥挤而发生的争吵，撞伤而至撞死人的事情。至于路边的建筑，更是什么都没有，古拙的鼓楼算是这城里唯一的壮观。一年两年，五年十年，南京完全改换了面目，有了全国最好的柏油路，有了富丽雄伟的会堂、官廨、学校、戏院、商号、饭店、菜馆，咖啡店乃至私人住宅，不说别的，只说那荒凉空寂的玄武湖，在最近一两年去的时候，都几乎认不出是什么地方了。南京，猛进中的南京，繁荣的南京，如今，全被日寇的炮火毁得干干净净了！

然而南京的失守，对于全面抗战决不算是严重的打击，刚刚相反，在无意中倒给予抗战一个莫大的帮助。何以见得呢？这里让我讲一个故事。

有一个朋友是和我同时到南京的，也和我一样是个穷光蛋，凭着一张法政什么学校的毕业证书特地到新的首都来找职业。我觉得他是诚朴、豪爽而又热情的青年，在那时候，像那样的青年，要找个小小的位置还不很困难，似乎没有多费力，就到某机关办公去了。薪资很微薄，他的生活也很简单，他一面做事，一面很努力读书，年纪轻，离开学校不久，对于所学的东西有着不小的自信力，常常表示，只要职业能够保存，只要不至于真正饿饭，对于法学总要继续研究下去，三年两载，总会把研究的心得发表一点出来，一句话，很有点想成为一个法学家的野心。他不但留心书本子，还留心各种各样的问题，像医生看社会上人们的生活，许多都不合乎卫生，许多人的行动都是病态表现一样，在这位未来的法学家的眼睛里，就到处都是无法非法玩法违法的现象。前面说过，他是个热情的青年，无论什么，一认为不满，就表现出极端的愤慨，一点也不含蓄。然而这种态度，和他的生活环境并不适宜，为了这我也曾费过不少劝慰的唇舌，甚至于使他认我为富于妥协性的分子，终于不大和我来往。五年以后，我离开了南京，似乎不到一年，忽然听说他不知由于怎样的因缘，平地一声雷似地做了某某部的司长了。在社会上混了好些年，人多少变得乖觉些了，虽说知道他所学的东西和所担任职务没有丝毫关系，也并没有觉得稀奇；只是想象他那样的青年，既然占得相当高的地位，总会多少认真做点事吧。但是等我再会见他的时候，他已变成了汽车阶级，有一个极其摩登的太太，人发了胖，脸上添了不少的红润，那样子几乎比从前还要年轻些。这自然都不足为奇，奇怪的是他，和我谈了大半天的话简直没有对于任何事情表示不满。从前那种愤慨的词色，似乎完全绝了迹。

南京的官员们，不，公务员们，有一个共同的嗜好，喜欢买地皮盖房子，旧的南京，本来很少或者说简直没有适当的住宅，连那旧式的不适当的住宅，因为人口增加，房租也被抬高得教人难以相信的程度。于是和机关造衙门一齐，公务员们只要怎样能弄几个钱就把钱拿来盖房子。由于那些公务员们的努力，南京就有了许许多多的什么里什么坊什么村和许多单家独院的洋房子。每月只有百十块钱的薪水的，都有人住着自己新的住宅，甚至于房子租给别人。大概他们除了节俭之外，还有我们不懂得的办法。

这位朋友既然已经是汽车阶级，盖房子的能力当然比许多人要充分得多，这时候他已经在某某部背后造起了一座相当宏敞的楼房了。我正是在他的府上会见他的，大门以内，正房四旁，是一片青葱的草地，有各种各样的花木，房子的某一边旁凌空架着不少的鸽子笼，成群的鸽子在边旁飞舞，他告诉我许多种鸽子的名字，出产的地方，购买的价格，以及烹调出来的滋味，他对于鸽子的知识，似乎超过了他的法学的知识，至少是更有兴趣些。那园里的动物，并不只鸽子，还有猴子、兔子、小狗、小猫之类，没有事的时候，他就很高兴地和那些小动物玩耍。

这房子的楼下有一间宽大的客厅。墙上糊着不知是什么图案的花纸，玻璃窗上绝对寻不出一点灰尘，浅碧色的细致的窗帘使光线变得比较阴暗，虽然天气已经很热，但在屋子里，纵然没有那天花板下的电扇不停地转动，也正像休息在大菩提树底下一样凉爽。西洋油画，都锦生彩色织锦，宋徽宗、仇十洲以及几个当代名人的书画，挂在壁上；我不能辨认的什么瓷瓶，瓷罗汉，金属的小小的工艺品之类摆在红木案上；收音机，钢琴，书橱，沙发茶几……都陈设在好像由各自选择的一个最适合于自己的位置上，并且各各有一点点糊糊的倒影，被摄进那光亮的地板里；那地板，除了我刚才踏上的灰土的脚印以外，没有一处有半点不应该有的痕迹。

我那时候的心情已经记不很清楚了。对于炫赫在自己眼前的陈设，大概有些羡慕的吧。然而那完全是个陌生的地方，我面前的主人也完全是个陌生的人！我想这位华贵的私邸里的老爷，不，公务员，就是七八年前的我所熟知的那位穷光蛋么？就是那立志要做个法学家的法政学生么？就是那对于这也不满，那也不满，成天在愤慨里讨生活的热情的青年么？我把周遭的环境打量了一下，又把他从上到下，从下到上打量了一下，发见他和从前那一位，简直没有丝毫相同的地方。啊！一个人的变化是太大了！

我和这位朋友是从小在一块儿长大的，他家里的境况，我知道得清清楚楚，这房子和房子里的一切自然不是他家里原有的东西，却也决不是现在做了官特为从家里拿一笔钱来造房子撑门面的，他家里根本就没有钱，不言可知，那是做了一两年什么长的成绩，于是我一半开玩笑，一半也是真实地说：

"'富贵不归故乡，如锦衣夜行'，只凭这客厅里的这点东西，如果是在故乡，该使多少人缩不进舌头去呀！"

"莫乱说！"他有点忸怩却又很正经似的说，"这算什么呢，这是一种腐化的生活呀！"

"真的么？"我的反问是一种欣悦的表示，我想，他既然知道这一点，总该有把自己拯拔出来的可能，我很希望他能够真正自觉。可是这意思很难找出适当的话来传达，口里只是离题万里似的说："你近来对于法学自然格外进步了？"

"哪里哪里，我的法学知识本来很浅，又丢了几年，早已摸头不是脑了。年纪一天大一天，记忆和颖悟的能力也不比从前，做了官，要办公，要应酬，要帮亲戚朋友想法子……在这种生活里头，还谈什么呢。"

"你不是嫌这生活腐化么？我相信这腐化只是表面，你个人一定还有不腐化的私生活。"

"没有，惭愧得很，真正没有。我只是觉得这种生活不对，有时候还真想摆脱，不过，有什么法子呢？我有父亲，母亲，丈人，丈母，弟弟，妹妹，老婆，儿子，我不过这种生活，这一大家子人就没有饭吃。中国这社会，真不叫玩意儿，把不知多少人的生活负担，压在很少的几个人头上。那些把自己的负担压在别人头上的人们，除了虚荣，除了物质欲望，什么也没有，什么也不懂得，并不说他们有意地这样干，可是事实上却真像摆下了诛仙阵万仙阵一样，向你包围，不动声色逼你向堕落的路上走，朋友，我不是圣贤，也不是豪杰，对于自己的周围，看不十分清楚，所以不知不觉上了他们的当，而且现在纵然觉察了一点，却已经骑虎不能下虎了！你想象我这样的人在南京，简直要多少有多少，除了当官，还能做什么呢？一句老话：'文不能当誊录生，武不能当担架兵'，只有还是做自己的官，做得一天算两个半天，自己咀嚼着自己的灵魂过日子！这自然只是我现在的心境，至于不久的过去却比现在更为麻木，成天在设法打洞找升官，找兼差，找发点不义之财的机会。你瞧，这房子这一切，你认为是靠规规矩矩的薪水换来的么？一个月几百块钱够什么用呢？不过，那不屑谈的，反正你也不一定懂。虽说你在南京过过几年，政治舞台上的黑暗，官僚们贪污和卑鄙，那情形你未必真正看见了什么。"

他脸上表露出来的苦闷，证明他的话有相当

真诚，可是仍然不知对他说什么的好。于是我撇开他个人，就一般的情形说说。我说，国家的形势，可说是危亡无日，日本强盗随时都准备并吞中国，中国的政府机构如果不改革，政治舞台上的人们如果还不觉悟，一定无法抵抗，怎么这一班官老爷们还在为个人为家庭打算呢！

“对呀，”他说，“中国的政治这样腐败，决不能抵御外侮，不是老早就有这么一句话么？‘中国不亡是无天理’，你说这话在那些官僚们中间引起了怎样的反应？他们说，趁现在还未亡国的时候，多做几天官，多弄几个钱，多舒服几天，日本人一来，就什么都完了。”

这也许是个很高明的见解，可是也是无药可医的病痼；我想说日本人一来，就什么都完了，也未见得，日本人来了，也需要中国人做官，并且正需要这样的官。不过这话不能告诉他们，一告诉，他们就更无忌惮了，所以当时对那位朋友也什么都没有说。

和这位朋友一别又是几年，最近偶然碰到一个故乡人告诉我说是他死了，起初我还以为是日寇轰炸南京的时候被炸死的，那位同乡说不是，上海抗战发生后一个星期，他就请了两个月的假，送家眷回乡里，不知怎么，在乡下生了病，假期满了还不能去销假，于是撤了差。近来寇机无情地轰炸南京，南京不知受了多大的损失，他的房子好像也被炸毁了。走的时候仗打得还好，他没有想到会这样的，所以回乡也并不打算搬家，听说房子里很有些值钱的东西；他有病，又丢了官，丢了房子和一切东西，正是火上添油，病上加病，在南京失守之前就死了。

别人说他死的原因是这样，证以从前他对我谈的话，至少死去的心理还要复杂一点。不过我也无暇分析；只是想，他的房子毁了，那房子里的鸽子、猴子也一定毁了；名贵的书画古董，收音机，汽车之类自然也都毁了，他说过，在南京像他那样的人，要多少，有多少，那么，那些什么坊，什么村，什么寓的人，大大小小的贵人公子们是不是也受了和他一样的遭遇呢？纵然不完全一样，也该部分地一样吧；那末，他们要在亡国之前，多享受些舒服的企图，现在怎样了呢？为了生活的负担，为了供应父母妻子亲戚朋友而不能不贪污卑鄙的辩解又怎样呢？

不错，南京是中国的首都，然而是腐化的首都，不足以领导全国抗战的首都，像我的朋友那样的人们的房产的存在就是铁证！现在这首都失陷了，不用说，为了保卫它而牺牲了的战士，是应该哀悼的，文化机关教育机关，可以剿灭日寇的军火储藏机关，以及居民们的室家的被摧毁，值得惋惜的；朱洪武、孙中山的圣地的被淫污，是应该引为耻辱的；日寇的暴行是可憎恨的！然而只是如斯而已，其他的什么建筑之类，自然也是中国人的智力体力财力，中国老百姓的血汗的成果吧！可是都是于国计民生没有什么补益的东西！让那些秦淮河边的歌台舞榭去吧，让那些饭店、咖啡馆、影戏院……去吧，让那什么院什么部的衙门，什么礼堂会场之类去吧，让那些达官贵人们的邸宅和那里头的秦砖汉瓦，巴黎香水，纽约雪花膏之类去吧，在这抗战期间，那些都是无用的废物！

鲁迅先生有一句话："金风萧瑟走千官"，现在这般"走"着的"千官"们，回想起在南京的高楼大厦及一切，是不是像做了一场春梦呢？如果是，现在是觉醒的时候了！彻头彻尾地忏悔吧，革面洗心地改过吧，诚心诚意地感谢抗战把你们从腐烂生活中拯救出来了吧！能够这样，没有了南京那腐化的首都，无论在什么地方都可以建立起一个坚强的能够抗战到底的新的首都来；能够这样，我们一定可以收回南京和每一寸失去的土地。

南京是失陷了，然而官老爷们的腐化生活的凭借，贪污卑鄙的成绩，也在被摧毁了，如果这能够促成他们的觉醒，加强他们抗战到底的决心，于民族解放运动的前途是有莫大的利益的。失掉的是南京，得到的将是无穷。

一九三七年十二月二十日 汉口

【选自聂绀弩著《历史的奥秘》文献出版社一九四一年版】

仔　狗

在一个村店歇了一回脚之后，挑伕的脚下就跟着一只小狗了。只有猫那么大，或者还没有顶大的猫那么大，肥肥的，浑身黑黄色的茸毛，一走，耳朵、尾巴，都像细钢丝纽成的一样，不住地闪动着，短的腿，滚圆的身段，看起来并不像狗，然而也说不出像别的什么。

一边是山，一边是河，当中一条突出石头路。我的马，看见这种路就怕，只是缓缓地踱着，挑伕总在前面一丈多远，有时还远些；太远了，我就叫他等等，后来就不必叫，只要回头看不见马，就站住。

小狗总跟着挑伕走，似乎在舐他的脚后跟；有时候挑伕轻轻地踢它一下，叫它走开，它就掉下这么一两步远，但接着还是跟上。挑伕站住的时候，它也站住，或者回头走几步，迎迎我的马，或者就躺在挑伕的腿下，候挑伕走动，又起来跟上，它这样跟了一二十里路，后来在没有注意的时候，不知跑到什么地方去了。

回到军部，一切都依旧，只是隔壁房里，新添了一个副官，一脸麻子，我们的习惯，是叫做花机关的。据说，也是从前方回来的，因为喜欢玩女人，被从前方赶到后方，后方赶到前方，大家把他无法可想。不过这不和我相干，我既不是女人，我的同事也没有一个是女人的。

晚上被一种声音闹醒了，一听，是狗叫，是几只小狗在寝室外面和大门里头的什么地方打架。有什么法子呢？住在老百姓家里，乡下的老百姓总是要养狗的。

第二天我看见那些小狗了，一共三只，两只黑的，一只白的，都像猫那么大，或者还没有顶大的猫那么大，也是滚圆的身体，短短的腿，跑起路来，耳朵、尾巴，乃至全身无不颤动，黑狗的身上还闪耀着一道若有若无的白光，像玄色的缎子。可是并不到老百姓住的那边去，只是在办公室里里外外跑，常常跟着小鬼的脚下跑；吃饭的时候，晓得要给它们东西吃了，就在桌子面前仰着头，摇着尾巴，等什么东西掉下来。

正午，它们躺在稻场里干草上晒太阳，有时候打架，一个仰躺在地上，另一个向着它互相地咬，都用前脚帮着忙，意思像是想把对方抓牢；抓不牢，咬不着，又重复着以前的动作。不知是牙齿还嫩呢，还是根本不是真咬，彼此都没有受到伤。咬的时候，口里还咻咻地叫，就是先一天晚上所听见的。

像顽皮的孩子一样，看见鸡就追逐，追得鸡们振起不能高飞的翅膀扑扑地跳跑，惊慌地叫。如果有人手里拿什么东西晃晃，就以为是吃的，以为要给它们吃，争先恐后地跑来；为头的一只用后面的脚站着，像人一样的立起，来攫取那高处的食物。花机关副官每顿饭后，必定要拿茶碗什么的逗逗它们。

在乡村里过了一年多，工作虽然并不累赘，但也除了工作没有别的。生活既然枯燥，心境也就像荒山古寺的修行者所有的。我常常担心，长此以往，于工作或者不能说没有意义，而我的人，却将消失得无影无踪；过了过于寒冷的冬天，纵然春天来了，草木还会发芽么？然而我的心终于没有死去，看见小狗们的跳跳闹闹，马上就觉得生意盎然了。不过一到半夜，这些家伙实在值不得人的怜爱，总是叫，总是叫，叫得人睡不着。

过了几天，我听见房东的老板娘在向小鬼埋怨小狗们的讨厌了。不知什么人家的一个女孩子跑来找小鬼，说是那只狗不卖了。小鬼说："卖了还能翻悔的么?"她皱着眉头："看，这小狗多好玩哪，你们多作孽呀!"不等小鬼答应就把两毛钱放在地上，抱着那只白狗走了。

怎么，这些小狗竟是小鬼喂的么？小鬼的童心究竟比我们多，竟买些小东西来喂得玩。

“是丁副官喂的。”有一次我问小鬼的时候，小鬼说，丁副官就是那花机关。

“哦……”我和花机关不熟，我想这家伙或者是个生命力很强的人，没有女性的安慰，就找一些小生物来寄托感情。但是口里却随便地问：“他喂这些小狗干什么呢？”

“吃呀。”小鬼说。

部队里的伙食实在值不得恭维，每人每天菜钱八分，司务长或伙伕当然还要赚几个，能够吃什么呀？同志们大家都口馋，总在设法打洞，弄点有味口的东西，连小鬼们也合伙在什么地方弄着一只羊，打算在过年的时候宰掉。不过我总觉得这些人未免太迂远，在这战时，人的生命根本就很脆弱，又说不定今天在这儿，明天又在哪儿，怎么还弄些小狗喂大了吃呢？

可是小鬼告诉我，并不是等喂成大狗了吃；让它们稍为长大一点，大约一两个月之后，就可以吃了。这样的小狗叫做“仔狗”，吃起来，肥，嫩，还补人，不用说，这知识，他是从花机关那里得来的。

小狗们，现在只剩下两只黑的了，仍旧在干草上晒太阳，逗着咬着；仍旧看见鸡了就追逐；

一跑，仍旧发着缎子似的光，耳朵、尾巴乃至全身无不颤动；而且半夜里仍旧咻咻地叫，叫得人睡不着。似乎一点也不知道一个月或者两个月之后，要落到什么人的肚子里去。而花机关有时逗那小狗们玩的时候，简直就说：“快点长啊，老子要吃你了！”

我不是狗，不必担心有谁要吃掉我；小狗也不是我的亲眷和朋友，可以用它们的死骗出我的眼泪。然而为了它们的将来，我的心境却重新枯涩；并且为那在路上跟了好远的小狗庆幸，如果它跟来了，说不定也会有人盼望它快点长大的。

一九三九年四月二日 金华

莎士比亚应该后悔

在什么地方看见一点“珍闻”：莎士比亚的签字，现在可值五百万元美金。也许有人以为，文人不可为而可为，莎翁像一个卑微的奴隶，伺候了王公大人们一生，但身后，毕竟连一个签字也如是地贵重起来了；那些当年曾被莎翁伺候过的王公大人们的墨宝，是不是也同等地值钱呢？嗟乎，齐景公有马千驷，民无德而称焉；伯夷叔齐饿死于首阳之下，而使贪夫廉，懦夫有立志。一个人诚然不能只看他生前的穷通，荣辱，尊卑，或贵贱的。

我不这样想。我想莎翁如果死而有知，现在恐怕会后悔，后悔自己曾经写过文章，并且签过字。枉抛心力作剧人，真所谓鞠躬尽瘁，死而后已。无所用心地签了几个字，不料倒给不肖子孙，那些市侩们，那些古董商人们，造了一个发财的机会。《威尼斯商人》，莎翁不是嘲骂过么？而后世的不仅威尼斯一处的商人，却在享受他的遗产，享受由他的精神遗产所能变换来的一切物质的遗产了。

世界上真有一种人，无论什么事，无论什么人，无论什么东西，都是他们发财的工具。只要能够发财，祖宗丘墓算什么呢？妻室儿女算什么呢？民族国家算什么呢？于是现在就有所谓发国难财的。悲观失望的人们摇头叹气说："国家将亡，必有妖孽"；这些妖孽们自己却说："国家将亡，还是多抢几个钱吧。"

最近，江西某报载："赣县国民对日经济绝交委会委员任锡章，利用职权，在外间敲诈，案发被捕，判处死刑，从犯谭吉人亦依法处徒刑十年，广益昌商店违法行贿，借图私卖仇货，罚款三万元。"这是发国难财的一个小例。

说是"小例"者，因为据说，受贿与行贿者之间，只有八百元的交易也。然而也正因为只有八百元的交易，一边被枪毙，一边被罚款了的吧。假如他们有资格发大国难财：交易数目，动辄以万亿计，恐怕谁也不敢枪毙他，罚他，或者他反而要枪毙别人，罚别人了。庄生有言："窃钩者诛，窃国者诸侯"，此盖振古如斯，不过如今为烈而已。

一九四〇年五月一十二日

【选自聂绀弩著《历史的奥秘》文献出版社一九四一年版】

飞机的用途及其他

一　飞机的用途

报载："××武库街口××大饭店，有飞机运来地道来路货西餐，每客五十元，小账加一在外。"这是一条非常值得重视的消息。

我常常听见说，××生活程度很高，生存非常困难，所以我虽早想观光，至今尚未成行。看了这条新闻之后，我就不相信那些鬼话了。那里生活程度也许很高，但生存一定非常容易。何以见得呢？从有人卖五十块钱一客的西餐看出。有人卖，当然是有人吃；能吃五十块钱一客的西餐，当然是赚了更多的钱。钱是人赚的，他是人，我也是人，他可以赚，我当然也可以赚。而且从"小账加一在外"一点，尤足证明那里赚钱之易。夫"小账"者，茶房之流所得者也，"加一"者，五块也。茶房之流，伺候一客西餐，即得五块；伺候十客即得五十块，一天伺候十客西餐，何等清闲自在，而五十块国币就进了口袋。茶房犹且日进半百国币，像我这样的人材——比之于茶房，老实不客气地说，我总要算个人材，至少是编报屁股的人材，无论如何，作的事当然要比茶房重要一点，纵然不说收入一定会比他多，和他同等，也就可以了；纵然不同等，二分之一，三分之一，乃至五分之一，大概也行了吧，那么，生存有何困难呢？

抗战以来，我们无论什么都进步了。这是用不着怀疑的。现在简直连西餐馆都自备飞机（是不是自备待考，纵然不是，其方便也当不下于自备）运西餐了。西餐馆而自备或等于自备飞机，飞机而用之于运送西餐，则飞机之多，不问可知，日本小鬼，就没有听见说有这样阔气。光就这一件说，还有什么敌寇是我们打不平的呢？抑又一说，飞机的最正当的用途，应该在于交通运输，只有帝国主义强盗，才用来侵略别人，轰炸被侵略国的设防与不设防的城市。我们的飞机用在运送西餐上，正是使飞机的作用，返朴归真，矫枉而毫不过正。用飞机运送东西，主要的自然是因为迅速，中国这辽阔的土地，有些东西也真非用飞机运送不行。从前杨贵妃在西安要吃广东的荔枝，没有办法，只好难为马腿。荔枝以新鲜者为贵，最好从树上一摘下来就吃。从广东到西安，无论马跑得怎样快，也得好些日子，荔枝的味道，会受影响的，就算影响不大吧，而动念于若干日之前，尝味于若干日之后，在这等待期间，也够馋人的了。如果用飞机运，情形就会完全不同。杨贵妃不生在有飞机的现在，真是杨贵妃的不幸，她白做了一回贵妃了。

二 向往

有五十块钱一客西餐的地方，我真想去。因为西餐既卖到五十块钱一客，当然其味无穷，吃了提神健脑，滋阴补阳，有意想不到之效力。

但那里的报载：那里的卫戍司令部正在“取缔党政军机关人员宴会”，内面有一条：“中餐每人两元以上，西餐两元五以上，”皆在取缔之列。而且不得冒充“常人”，并派有宪兵到各餐馆“检查”。

老实说，我想到那里去吃那样名贵的西餐，本来，就打算先谋一个“党政军机关人员”的位置的。假如我以“常人”的资格出现，就会一文钱的收入也没有，用什么资格吃西餐呢？可是当了“机关人员”，就不能吃那名贵西餐，不但有悖初衷，而无缘吃好西餐的“机关人员”，当得也乏味。

忽然想到了一个“二者得兼”的办法；前几天报上说有人主张禁止公务人员兼营商业，足见是有公务人员兼营商业的了。“公务人员”，也就是“党政军机关人员”，我何不在当了机关人员之后，又兼营商业，上办公厅的时候，我是机关人员，下了办公厅，我是商人，商人就是“常人”，马上就可以上西餐馆了。

然而这里已经有人主张禁止了，说不定就要实行；如果那里的情形也一样，又怎么办呢？不必操心，至少暂时还大有可为。我今天看见那里的报纸上有一段“征婚”广告，里面有这样的话语：

“某君……任公务员，兼营企业，月入约千元。”

足见“兼营企业”，并不被禁止，不但可吃名贵西餐，就是找配偶也非常容易，如果肯花点广告费的话。

三　狐与兔

报载：一个“抢匪”为了抢一家书店里的自来水笔——据说并未抢到手，被判处死刑，褫夺公权终身，并且已经验明正身，押赴刑场了。到桂林后，这是第一件使我有点儿感触之类的东西的事情。

孔乙已先生曰："偷书，算偷么？读书人的事……"（参看《鲁迅全集·孔乙已》篇），假如孔乙已先生的理论可以成立：偷书不算偷，是读书人的事；那么，抢自来水笔就也不能算抢，因为应该是作家的事。然而，商君有言："王子犯法，与庶民同罪"，法，只问偷不偷，抢不抢，不大肯管犯法的是不是读书人，作家或者别的。

孔乙已先生虽然是读书人，大概还不很博，说不定简直不知道历史上还有商君其人；否则他的腿子也许不会被打跛了。至于那抢自来水笔的，既已明书为"抢匪"，当然不是作家，既然是"抢匪"，即使从来没有抢过，也应该判处死刑，褫夺公权终身之后，验明正身，押赴刑场。我们的孔圣人，就这样诛过少正卯的。

或曰：是抢匪还是作家，不能这样轻易断定，要看所抢的自来水笔是什么牌子。是派克真空管么，据说现在值得百来块钱，足见他是个用笔的内行，至少差不多是一个作家，如果只是关勒铭之类，不过值得几块钱，不值一抢；不值一抢而公然抢，足见他有眼无珠，劫掠成性，是抢匪无疑。

幸而文献不足征，不知所抢的自来水笔，究竟是什么牌子。若不幸而证明是派克真空管，那才真叫人不寒而栗。因为我自己也忝为作家之一

——请真正作家们大度一点，让我在这里冒充作家之一吧，而如今生活程度如是之高，文章如是之不值钱，自来水笔又如是之可爱，难保当徘徊于书店文具店的玻璃橱畔的时候，不会心动而手痒。语有之：“兔死狐悲，物丧其类”，所以我也就有一点点感触什么的了。

一九四〇年五月十四日

【选自聂绀弩著《历史的奥秘》文献出版社一九四一年版】

“确系处女小学亦可”

从报上看到一条“征求伴侣”的广告：

某君……家道小康生活独立收入甚丰因中年乏嗣拟征十六岁至二十二岁……品貌秀丽肤白体健性情温和中学程度未婚女性为伴侣确系处女小学亦可……愿者函寄最近全身像片……或临……面谈。

大概因为是战时吧，女孩子们流落在外面的很多，而出路则比平时更少，就是结婚，说不定更困难。既已生为男生，纵然没有任何可取之处，只要说声“征求伴侣”，也会有许多女孩子们争先恐后，来夺这光荣的锦标的吧；何况年仅“中年”，“家道小康”，“收入甚丰”，条件实在优厚得很。如果我具有这样好的条件，一定还要在“亲临”“面谈”之后，加上这样的话语：“随缴报名费若干元，落第不退！”

也大概因为是战时，故乡沦陷，失家失学失业，以致贫无立锥的人很多，幸而无灾无难，保持“家道小康”，“收入甚丰”的原状，正该大可骄傲，为所欲为。所以已到“中年”，并非无妻（广告中仅称乏嗣）的男性，也就可以挑选女孩子们的年龄，品貌，体格，肤色，性情，学历，而最重要的是处女膜的有无——谁教她们长着一种容易破损而又不会再有的怪东西的呢！

仍旧因为是战时，兽兵所到的地方，很难留下贞洁的女性，虽然他们也许像猪八戒吃人参果一样，无暇分辨处女与非处女之间的区别。流落在外，贫无立锥，刚要成年的女孩子们，没有生活技能，或者反而挑着养活父母兄弟的千斤担子，当卖香烟擦皮鞋嫌年纪大，作缝穷妇又嫌年纪小之际，说不定真有顾不到“饿死事小，失节事大”的古训的时候，这样说来，虽无统计，说现在的处女的数量比平时少，不见得会有什么毛病。处女少，就是风化不良，于世道人心影响甚大；忧国之士，正应乘时奋起，用种种方法，力挽狂澜。而最好的方法之一，就是“征求伴侣”的时候，非处女不录，使那些黄毛丫头们瞻顾前途，不能不有戒心。瞧：“确系处女，小学亦可”，是何等笃爱真才，关心世道，而不惜自我牺牲的伟大精神！

好久以来，我总以为像《杂事秘辛》描写的检视女性身体的那种苛细程度，是过去的事；《闲情偶寄》上所说的“美人四肢百骸，无不为人而生”；“妻妾者人中之榻”，是过去的女性观；从这广告看来，才知道自己的见解，错误得可怕。“收入甚丰”之类，自然非同小可，但比之于“富有四海，贵为天子”的人来，还是相去甚远的。“收入甚丰”就可如此地苛求年龄、品貌、肤色乃至处女膜的有无；《杂事秘辛》上的检视法，未免太马虎了。为什么要检视，为什么要挑选呢？自然是因为“美人四肢百骸，无不为人而生”，“妻妾者人中之榻”也。

我不想发女孩子读书无用，不如好好保护处女膜之类的感慨；也并不替当选的“伴侣”担心：几年之后，“某君”仍旧“乏嗣”，会有怎样的结局。只怀疑一件事，“小学”而不“确系处女”，“体验”出来了之后又将如何办理？

另外还有一点不愉快的想法，我以为这样广告出来，倒不失为一种天真的自白，不登广告而在暗中实行，虽不“征求伴侣”也抱着一样见解的人，今天恐怕还太多。这是一件使人还不能尽情地歌颂我们的时代的事。

一九四〇年九月十八日

【选自聂绀弩著《蛇与塔》文献出版社一九四一年版】

蛇　与　塔

白蛇与许仙，在中国是一个家喻户晓的传说，写这故事的有好几种书，我最爱《警世通言》上的“白娘子”。

从那故事看来，白娘子是个极人情也极人性的平凡的女性，她爱许仙，嫁给许仙，后来为法海收服；文情简单朴素，使人感到一点淡淡的无名的悲哀，是中国短篇中的杰作。别的书就铺张得厉害，什么水漫金山，压在雷峰塔下，许仕林祭塔等等。

蛇，纠缠、毒。用它比女人，是颇有些憎恶意思的。但这意思，在一般人中间，似乎并不怎样普遍、深刻。写白蛇故事书的人，讲、读、听这故事的人，就都不怎样憎恶她；刚刚相反，许多人似乎还同情她。用老话说，这叫做公道自在人心。水漫金山，当然会荼毒了许多生灵的吧，但人们还是并不憎恶，好像明白那责任该法海负。本来，你出家人，管人闺阃作甚?

把她压在雷峰塔下，而且永久压下去，实在

是一件不平的事。她不过找她的丈夫，要她的丈夫回家，犯了什么法呢？就叫她不见天日，身负重负，动也不能动一下，这日子怎么过呀！这是我们愚民百姓所常常盘算的。

中国没有大悲剧的故事，什么都让它大团圆，善有善报，恶有恶报，大快人心。白蛇被压，还来个许仕林中状元，衣锦荣归，奉旨祭塔，也不脱此例。有人说这是不敢正视现实，是说谎，恐怕是不错的。

但也可以有另外的说法，即我们中国人于是非善恶之间，取舍极严，关心极大。蛇已经被压下去了，没有任何法力的我们愚民百姓无法挽救，但对于她的含冤却耿耿在心，对于她的凄凉情况，又抱着无限同情，难道慰问一下也不可以吗？于是产生了自己的创作：祭塔。状元公许仕林者，何尝是白蛇与许仙的儿子呢，不过是我们愚民百姓派去的代表而已。探监，甚至到学校里访女同学，不都要说得沾亲带故的吗？

若干年前，雷峰塔倒了。倒的原因，据说，是因为人们偷砖。砖，可以造墙。纵然不过是砖吧，年深日久，就成了古董，可以赏玩，可以卖钱。甚至一说：塔是镇妖的，砖当然也可以避邪。所以偷。天乎冤哉，刚刚把偷砖者的本意忘掉了！本意如何？曰：要塔倒；要白蛇恢复自由。愚民百姓也自有愚民百姓的方法和力量。

一九四一年一月三十一日 桂林

【选自聂绀弩著《蛇与塔》文献出版社一九四一年版】

韩康的药店

韩康是个卖药的，在十字街头开着一家小小的药店。

韩康人老实，卖的都是真药；向来把钱财看得淡，又没有亲朋老小要照顾，药价都定得便宜，再加上人和气，容易说话，掩欠他一点钱也不大要紧。人们都乐于照顾他，门口常是穿进涌出，人山人海。

有一天，西门大官人打他门口走过，人挤得几乎叫大官人穿不过马。大官人问玳安，为什么这儿有这么多人？玳安回禀是到韩家买药的。大官人大吃一惊。大官人刚才就是到自己的药店里去算过账的。因为生意清淡，管事的都吃喝着大官人的血本，大官人正打算收业，却为了体面而踌躇着。怎么韩康药店里的生意却这么好呢？想是这店开在十字街头，居全城之中，来往行人甚多，故尔如此。药店招牌，名唤“寿世”，病家更自欢喜。“我且再作理会！”大官人对自己说。

第二天早晨，韩康正在账桌上登账，两个伙

计在柜台上招呼点药。只见人丛里挤进一个人来，叫道一声：

“韩老板在家么?”

韩康起身看时，却是西门大官人的亲随玳安，心里一愣，但连忙脸上堆笑，唱了一个肥喏：

“不知今天甚风吹得大叔到小人寒舍？怎不请到店内坐地?”

“打搅不当，正要借一步讲话。”

韩康把玳安请到柜台后面一个小房里坐好，斟了一杯茶奉上，口里说：

“寒舍窄小，不成看相；药臭冲天，有冒大叔贵体，大叔休得见怪!”

“韩大哥有所不知。我家大官人不知听信谁家闲言，好好的大药店，说是要收业了。你说可笑也不?”

韩康不懂玳安的话里有什么意思，却不得不随口应和：

“大人不干小事，大官人何处不省下些银两，药店济得甚事?”

“可知怪么，却想重开一家小的。”

“也好，还是小营生自在。”

“因此，大官人命玳安来问，韩大哥这般大小药店，该得几何银两?”

“有甚难见处？上连屋瓦，下连地泥，也不

到百十两银子。”

“既是这般，大官人假若好赍发大哥一些银两，大哥愿把宝店出顶么？连招牌在内。”

“大叔取笑，小人无福，怎得大官人正眼儿觑到小店上来？”

“只问大哥愿不？”玳安两眼盯住韩康。

韩康寻思，这回糟了。要待允时，谁不知西门庆是说真方卖假药的都头，若非这等，怎的店里鬼不上门？借给他自家招牌不干甚事，伤害别人性命，可是罪过。要待不允，那厮平日欺压良民，为非作歹，说得出，做得到，连官府也奈何他不得，怎能与他计较？罢，忍得一时之气，省得百日之灾，且换些银两再说。于是答道：

“若得大官人真实看顾小人，可知小人前世修得。”

“还是大哥爽快。银两随带在此，便请清点。”

“且慢，”韩康按住桌上银两说，“小人尚有一言，须得大叔禀明大官人，才敢收下银两。小人自幼生长药材行里，不解别种营生。今得大官人赏赐银两，恐日后仍作药材母金，请大官人休得降罪。”

“这个自然，大官人岂能断人生路？”

“只是小人浅见，还望大叔海涵则个！”

闲言少叙，且说大官人顶了韩康的药店，便将旧有的大药店歇了。旧店的存药，都搬到新顶的小药店来，生意十分兴旺，大官人看了暗自欢喜，便从韩康药橱里检出些香料补品，带回分给月娘、玉楼、金莲等使用。

可是不到半年，小药店门口又冷落下来了。韩康留下的药早已卖完，老店的存药便大量补充。病家出了大价钱，买回药去，却医不好病。

这时候，韩康却搬到东街，换了招牌，又开了一家小小的药店，名唤"济世"。

韩康的药店一开，一传十，十传百，转眼之间，通城的人都晓得了。不但东街，就是南街、商街、北街的人，也都到韩康店里去买药。门口依旧穿进涌出，人山人海。

韩康也没有别的，不过货真，价廉，可以拖欠而已。

这事又叫大官人得知了。大官人寻思，东方生门，正是卖药之所，不料又被这厮抢了先。咱却叫他自己理会。

一日薄暮，韩康正待收店，忽然一个彪形大汉，闯进门来，对着韩康问：

"韩大哥在家么?"

韩康招呼：

"客官有何需要，韩某便是小人。"

“三年前，借去五十两纹银，迄今本利俱无，是何道理?”

“客官息怒，韩某生平不曾向人告贷，何处借得客官银两?且客官尊姓大名，韩某尚未得知，向来亦未拜识尊颜，何从向客官告贷?”

那人咆哮道：“韩康，你竟是这等无良之辈，当年告贷时，何种好言不曾讲过，今日却乔作不相识，意图抵赖。”

“便是真有此事，从来借贷须有保有据，客官如有保据，韩某还钱不迟。”

“有，有，”那人向门外招手道，“张三哥怎地还不进来，代小弟索逋?当年如不是三哥担保，谁肯把钱借给这乞儿来!”

马上一个黑汉子从门外进来，随即发话道：

“这就是韩大哥的不是了。纵然一时无力，亦可好说宽限，何得竟说乌有?字据今在小弟处，须抵赖不得。”

说着，便从身边掏出一张字纸，远远地示给韩康，韩康看时，虽因天色已晚，不能仔细，但却已看出不是自己笔迹，并且似乎并非借据。韩康道：

“请借字据近处一看。”

话还未了，那大汉就随手抓住一根木棍，大喝一声，将屋梁上吊下的一盏琉璃花灯打落下来，跌得粉碎。韩康正待叫唤，那大汉向瘦些的那人说一声："不趁此时动手，尚待何时!"就一个擒住韩康两手，一个用破絮塞进韩康嘴内，然后用绳子将他脚手捆倒在地。店内伙计见势不妙，早已逃得无影无踪。天已昏黑，街上行人稀少。两人举起棍棒将店内药橱门窗，床榻桌椅，一齐打得七零八落，落花流水，药材像雨点般落在韩康身上，几乎将他埋了。好半天，两人兴尽，才指住韩康道："便宜了你，明天还不将欠项还清，须不这般轻易了事。"说罢扬长而去。

过了好久，伙计回来，掌上灯火，才把韩康从药堆里拔出。韩康一面与伙计收拾零乱的什物药料，一面仔细参详，料是西门庆指使，西门庆迎娶李瓶儿时，也曾如此这般，打过蒋竹山的。但是若是这厮常来打闹，这便如何是好?

次日，韩康也不开门应市，只请了几位邻居父老，同在家中坐地，等那两位闲汉来时，便好与他分说。但一连几日，那两人的影子也不曾见，末后，又是玳安来与韩康谈了一席话，韩康又把药店连招牌一齐出顶给西门大官人，自己却到南门口另开一家小店。一来韩康不会别的营生，二来勤俭人，闲着就不知道怎地打发日子。

不用说，韩康的店一开，又是穿进涌出，人山人海，西门大官人顶下的两个店里，依旧冷冷清清，连韩康留下的药物，这回也卖不完了。

反省，在人类，尤其是像西门大官人之类的人，是一件困难的工作，西门大官人就从来没有想到自己卖的药和药价，总想着是韩康存心和他捣乱，西门大官人本是个宽宏大量的人，但对于存心捣乱的家伙们，却决不轻易放过。自己本来足智多谋，左右能够出谋划策的人又着实不少，也就总有方法把韩康的药店顶到手里来。

韩康呢，实在是个不肯讨人欢喜的家伙，自己的药店顶给别人了，总不肯从此收业。东街的药店顶出去了，在南街里开，南街的药店顶出了，在西街里开，现在西街的药店又顶出去了，却早在北街开了一家。

西门大官人愤怒极了。有韩康这厮在这城里开药店，自己的药店里的生意总不会好的。一不做，二不休，大官人想好了一个最毒辣的计策：除非如此这般。

一天夜晚，韩康和伙计已经睡了。街上静静的，忽然有两个人拍门问：

“这里是韩康老板的药店么?”

伙计在门里答应，问他们干什么的。并且说，如果买药，请明天白天里来。

那两个人在外面说：“我们是远方客人，特来韩家买药，有百十两银子的交道。现在天已大黑，刚到此地，不知何处是客栈，请让我们进店胡乱睡一夜，不等天亮，把药买好了，还要赶路的。”

韩康本是容易讲话的人，听听门外人的口音，果然是外乡人模样。人家辛辛苦苦，远道赶来，怎好不开门呢？反正店里有些空屋，便让人家睡睡也没有什么。就吩咐伙计掌灯开门。不料门一开，却是两个彪形大汉，面貌十分凶恶，足登麻鞋，腰跨朴刀，把伙计吓了一跳，以为又是来打店的。

两人进来后，便和韩康寒暄了一会，也略略谈了些要买的药物的名目和份量。就由伙计带领他们在一间小空屋里睡了。

半夜时分，韩康由梦中惊醒，听见门外又有人擂鼓般敲门，说是查夜的。这些日子，梁山泊的强人声势浩大，各县地方，恐有强人出没，户口调查甚严。常有半夜三更，官兖率领兵丁，到民家查点等事。韩康一听，早捏了一把汗，自己店里正有两个不认识的客人。事已至此，后悔不及，只得硬起头皮起来招呼。这时候伙计已把大门开了。

“你们家里有几个人？”查夜的老爷问。

“两个。一个伙计，一个我。”韩康答。

“再没有别人了么？”

“还有两个买药的客人，刚到不久，天亮就

走的。”

“甚么样的人，叫他来看看。”

说到这里，伙计和韩康都还没有去喊，那两个客人就出来了。衣服穿得好好，似乎并没有睡。

“兀那黑汉，你不是黑旋风李逵么？我可认得你。”一个做公的指着那粗笨的一个客人说。

“什么？黑旋风？梁山泊的强人，赶快替我拿下！”老爷说。

可是几个公人听见说是强人，大家都吓得动也不能动。倒是“黑旋风李逵”大喝一声：“你黑爷爷便是黑旋风李逵，他是俺哥哥神行太保戴宗，便待怎的？”说着，就和“神行太保戴宗”抡起大拳便打，公人和老爷都连忙闪在一旁，让两个强人逃跑了。

过了好半天，查夜人们仿佛从梦中惊醒了。老爷指住韩康两人说：

“你们好大狗胆，竟敢窝藏匪盗，左右，还不拿下！”

这回，左右可都勇敢当先，大喝一声，就把站在一旁，早已目定口呆有口难分辩的韩康和伙计都绑起来了。

话休絮烦，从此韩康吃官司去了，他的最后的一个药店抄没归官，又由西门大官人，用便宜的价钱从官家买了回来。

现在城里只有西门大官人的五家药店，十字街，东街，南街，西街，北街，每处一所。可是生意仍旧不佳，好像这城里的人，城外的人，离城不远的人们，都忽然一起不生病了；或者生病就宁可死掉，也不吃药了。

这故事到这里就算完结，有人说，韩康吃了一回官司却并没有死，几年之后，被开释出来，那时候，西门大官人，已经死在潘金莲的肚子上，五家药店都被掌柜们卷逃一空，关门大吉。剩下一些粗笨的药柜之类，又被韩康买回去开了新药店。说也奇怪，韩康的药店一开，人们又重新生起病来，吃起药来，韩康的药店门口，仍旧穿进涌出，人山人海。不过这是后话。

一九四一年二月二十八日 桂林

【选自聂绀弩著《婵娟》桂林文化供应社一九四三年版】

探春论

探春是赵姨娘生的，出身微贱，已经是大书特书的了。可是不肯以卑微自甘，总是想往高处爬，主子小姐的架子，摆得比别人还足；甚至呵其母，疏其同母弟，直呼其舅父之名，妄攀九省检点为舅父，可谓不识人间有羞耻事矣。才色下林薛远甚，却好附庸风雅，发起什么海棠社，使《红楼梦》一书，平添许多无谓文章（红楼文章以公子小姐们吟诗赌句为最不耐读，更是俗不可耐。作者使之远嫁，也许就是“沙衣五百，黄钱二斤，东南方五十步送之大吉”的意思）。

然而她也有一件快人心意的事，打过王善保家的耳光。

读过《红楼梦》的人大概都记得，傻大姐在大观园拾到一个香囊，上面绣着赤裸裸的“两个妖精打架”，被邢夫人看见，拿到手里，派陪房王善保家的送给王夫人。王夫人和凤姐都不知道是谁干的，打算留心暗访。王善保家的献计，有其一必有其二，搜查丫头们的箱子，看谁的箱子里有这玩意儿。这计马上被采用，弄得丫头们鸡飞狗上屋，司棋潘又安且因之泄漏恋爱秘密，终于双双死掉。

其实宁荣二府的男女“妖精”，何止千数？其中两个两个地脱得赤裸裸地“打架”，又何时何地没有？乃天下事往往如此：无论什么不可告人的玩意儿，都可青天白日，明目张胆，大张旗鼓，忘情恣意地做，纵然春光泄漏，被同侪所窥，也都相视而笑，莫逆予心，反正彼此彼此。唯有如焦大之流的傻子，酒酣耳热，罔识禁忌，宇宙之大，苍蝇之微，不禁脱口而出的时候，那就罪大恶极，非群起而攻之不可。至于文人墨士，不唯出之于口，而且笔之于书，宣之以画，不用说，情势的严重，比之天崩地陷，有过之无不及。嗟乎，香囊而绣着妖精打架，其欺天害理，伤风败俗，无君无父，断子绝孙为何如乎！得其作者而甘心焉，盖亦势所必至，理有固然也。

且宁荣二府，真正有伤风化，不可言也的丑事，真是多如狗毛。首先第一，王夫人的大小姐元春就给一个人作姨太太，不是一件最大的丑事么？可是不但不以为丑，反而全家大小，都以为莫大荣幸，大观园还正是为了那位姨太太回家“省亲”而建造；贾府之所以如此其阔气，大半也因为祖坟埋得好，出了这位好姨太太。所不同于探春可直呼其名的赵国基的，就是那位姨太太和别的大太太和姨太太所共同的老公是“圣上”，而赵国基的姊姊（或妹妹）和王夫人所共同的老公是贾政而已。秦可卿死后，公公贾珍哭得和泪人儿一样，不拄杖简直不能走路，宣称要尽其所有地来埋她，马上替她的丈夫捐官，让她的衔头好看一点；至于她的丈夫也就是贾珍的儿子贾蓉，反像没事的人似的。这里面包含着如何的一段丑史呀！其次宝玉与秦钟、蒋玉菡的故事，王熙凤与贾蓉的故事，贾琏与尤二姐多姑娘等人的故事，哪一件不比一个绣着“妖精打架”的香囊还丑过一百倍？可是没有人问；甚至焦大嚷出来的时候，凤姐贾蓉之流还装着没有听见。对于一个小小的香囊却大惊小怪，非雷厉风行地彻查不可。越是乱七八糟的人，越是喜欢假充正经，自己正在把风化碎尸万段的时候，维持风化的面孔一定非常狰狞。其意若曰：伤风化是我们的特权，奴才下辈公然仿效，就未免胆大妄为了。这意思从王夫人先以为是凤姐的，只打算说说了事，以及搜查只限于丫头们的箱子，置公子小姐的于不问这一点上充分地表现出来！

这些姑且不谈；仅为王夫人（大观园当局）设想，搜查的办法，也是失策。搜查之前，知道这回事的，还不过三两个人；搜查之后，群起而询根究底，虽不必看见实物，知道是怎么回事的，就反而多了。以它为不足以教儿女么？搜查实际上就是把它告诉儿女；以它不足为外人道么？搜查其实是执途人而告之。如果园中人和天下人，果真知道是怎么一回事，还是幸运；香囊微物，所绣亦不过儿女私事，究无碍天地之宽；若不幸而不知道真相，大家胡猜乱测，言人人殊，悠悠之口，辗转相传，那就不知道会传成什么。宁荣二府的名誉和尊严，都可被那些传言一扫而光。国必自伐也，然后人伐之；那么，家必自抄也，然后人抄之；锦衣军之来，王夫人招之有素矣。且搜查无着，也是幸运；若不幸而搜得人人的箱子里有此宝物，问题岂不更严重了么？诛夷尽净，以为天下事大定矣的治安之道，从来没有，以后也永不会有，王夫人怎么办呢？又，被搜查的虽然都是丫头们，如果从她们的箱子里搜出了宝物，究诘起来，竟都与公子小姐们有关，又怎么办呢？不是出乖露丑、连自己也无地自容了么？察察为明，贤哲所弃，不仅病其扰民，亦且病其自扰。然王夫人不足以懂得这道理！

古话说："为君难。"为君有什么难呢？穿君衣，戴君帽，坐君位，俨乎其然地坐朝问道，听大臣们奏闻举措兴革的天下国家大事，择其善者而从之，其不善者而改之，不必要什么聪明才智都可做得像样。问题是像这样冠戴齐楚，正襟危坐，礼仪三百，威仪三千的时候少；私服燕居，申申夭夭，吃饭拉屎，妻妾调笑的时候多。似乎有这样一句话：人不能是随身侍从眼中的英雄。君也是人，不能不有人的弱点，喜怒好恶上的偏私，燕居的时候最为显露。随身侍从看见主人的弱点的时候最多，最清楚，那种人的特殊性格与技能又最会捉住和利用主人的弱点，用种种阴谋诡计，使主人就范；就范之后，主人就成了他的要把戏的猴子，要怎样就怎样，纵然并不心甘情愿，有时也就欲罢不能了。阉宦之祸，史不绝书，魏、客氏尤其著者。这就是为君之所以难的一端。王善保家的似的希荣固宠，讨好卖乖，挑唆主子，摧残同类的女子而兼小人，正是唯恐天下不乱的角色；平居无事，尚且要兴风作浪，惹是生非，香囊经她传递，这是何等机会，安能默尔而息？乘间献计，不必智者始知其然。然而王夫人之为人，必为其观之有素矣，虽然她只是邢夫人的陪房。

古代的圣贤，看见人君的残暴可以无限，小民的水深火热，不可一日居。于是一车两马，周游天下，讲道德，说仁义，希望当世人主推行仁政，以略苏小民之困。所谓悲天悯人，其用心实在很苦。孔子曰：“为政以德。”又曰：“政者正也，子帅以正，孰敢不正?”孟子曰：“不嗜杀人者能一之。”仁义道德的基本精神在于反求诸己，不是很明显的么?乃后世暴君谗臣动辄以仁义道德责人，不是说某人不仁当诛，就是某人不义当杀。仁义道德的词句，滔滔不绝，如数家珍，好像他们比圣贤还要圣贤，圣贤的话，不过特为替他们准备的杀人工具似的。至于他们自己是否仁义，是否道德，他们自己既不问：炙手可热，别人更不敢问，于是成为一笔永远的糊涂账。“窃国者侯，侯之门仁义存焉!”庄子早已慨乎言之了!礼教风化之说深中人心，由来已久，妖精打架的绣香囊公然出现，在某些人看来，实在是不成体统的。彻查严办，也未尝不理直气壮。问题是倘若平日守正持礼，又能齐家以礼，帅下以正，正是“苟子之不欲，虽赏之不窃”；怎会有这样东西出现?这样东西的出现，就证明自己不行，应该下诏罪己才是。现在不但不责备自己，反而要把雷霆万钧之力加到不识不知，误蹈法网的蚩蚩之氓们身上，而且是因一二人之故而使全体受殃，无论口里的仁义道德，或礼义廉耻说得怎样动听，其实都是舍本逐末，差之毫厘，谬以千里。孔子曰：“见善如不及，见不善如探汤。”王夫人生平每反其道而行，早在金钏沟渎自经的时候，我们就有此人当国，必然误尽苍生之感了。“豺狼当道，焉问狐狸。”王善保家的之流，反而是不足深责的。

无论是王善保家的挑唆或是王夫人自愿，吃苦总是小百姓：大观园的那些丫头们，半夜三更，敲门打户，翻箱倒箧，而狐假虎威的叱喝申斥，予取予求，其间必有人情所不能忍者。探春，主子小姐也；探春面前，王善保家的尚敢动手动脚，况别人乎？丫头们虽然是卑贱的人类，但既辱且冤，恐怕也不是分所应有的吧。谁不知是王善保家的捣鬼，而想和晴雯一样，给她点颜色看呢？无奈碍于王夫人的命令；又岂没有连王夫人也怀恨在心的？无奈格于主奴之分，敢怒而不敢言！“君要臣死，臣不敢不死，父要子亡，子不敢不亡”，片言抗命，身首异处，《五人墓记》上就载着抗命者们的结局！而晴雯也终于被逐出大观园以死了！嗟乎！独夫佞倖，同恶相济，势不可忤；小百姓有冤无处诉，有怨无处吐，有史以来，不仅大观园一隅为然，此正英雄豪杰所掩卷叹息，莫可如何者。“有佛菩萨焉，运五指之峰，作巨灵之掌。香风盖去，春雷与新笋齐生；翠袖翻来，鸿爪共乌泥并现。嘻！此何声也，其殆博浪椎之嗣响乎！……蛾眉吐气，为大白浮者三；老魅杀风，为舞剑起者再。”这是读花人“王善保家的赞”，人同此心，心同此理，探春赏了王善保家的一个耳光，大快人心，古人早已感到；比之如“博浪椎”，简直就是说她不仅打了王善保家的，并且也打其用意在王夫人了。然而古往今来，王夫人王善保家的何其多，而探春何其少也！

探春说：“可知道这样一大族人家，若从外头杀来，一时是杀不死的，这可是古人说的百足之虫死而不僵，必须家里自杀自灭起来，才能一败涂地呢！”看得远，认得清，说得沉痛透彻。可见探春并非斩竿揭木的暴徒，倒是贾府较识大体的孝女。王夫人虽残暴，如果事先听见这番议论，未必不收回成命。可惜事涉猥亵，既不能与闻于先；风闻一二，又不便直言于后。涕泣而道，尚且不得不以“取瑟而歌”出之，遇亦惨矣。说到这里，想到大观园的几个正经人，似乎从来没有对王夫人说过什么要紧话；倒是王善保家的和袭人之流的宵小，反能大鼓其如簧之舌，天下事之不可问，已可想见。但仔细想想，却也难怪，能说话的，首推凤姐，而凤姐本身问题却特别多，往往为了洗刷自己，不惜牺牲天下人；自不肯说。林薛为人在客，不便说。宝玉少长于君，说话不足重。李纨苟全性命于乱世，无言责。迎惜一则木讷庸懦，一则年幼无知，所谓竖子不足与谋，其不说也更不待说。“当今之世，舍我其谁！”探春左顾右盼，旁若无人，其概应不减于今之梁漱溟先生。不幸又非王夫人所出，其间不能没有多少距离，假使像宝钗之于薛姨妈，情形必然大不相同的。甚矣，人居下位，进一言也，如此其难，此韩非之所以著书，而天下之所以多事乎！

或曰：探春打王善保家的，非仅为丫头吐气，亦且为自己伸冤，作者写王夫人喜宝玉不惜连篇累牍；其于探春，盖阙如也。是王夫人之歧视庶出之女，昭然若揭；就王夫人的为人来看，也不能舍歧视之外还有别的。探春动心忍性，企图报复，已非一日，打王善保的，尚不过小试其锋耳。若然，则探春所蓄，正未可量，其于母弟，于舅父，或亦有不得不尔在，本文开头所论，倒未免皮相了。诗云："高山仰止，景行行止。"探春如可作，虽如褚太极之于美人鱼，所忻愿焉。

一九四一年七月六日 桂林

读鲁迅先生的《二十四孝图》

鲁迅先生的《朝花夕拾》上有一篇《二十四孝图》，说：“我幼小时候实未尝蓄意忤逆，对于父母，倒是极愿意孝顺的。不过年幼无知，只用了私见来解释‘孝顺’的做法，以为无非是‘听话’、‘从命’，以及长大之后，给年老的父母好好地吃饭罢了。自从得了这一本孝子的教科书(按：即《二十四孝图》)以后，才知道并不然，而且还要难到几十几百倍。”自然也有不难的，如“陆绩怀橘”，“子路负米”之类。但也有非人力所能办到而且还有性命之忧的，前者如“孟宗哭竹”，后者如“王祥卧冰”；而最使人不解，甚至于发生反感的是“老莱娱亲”和“郭巨埋儿”两件事。“郭巨埋儿”甚至于使他觉得祖母和他势不两立。他说：“我从此总怕听到我的父母愁穷，怕看见我的白发的祖母，总觉得她是和我不两立，至少，也是一个和我的生命有些妨碍的人。后来这印象日见其淡了，但总有一些留遗，一直到她去世——这大概是送给《二十四孝图》的儒者所万料不到的罢。”关于“郭巨埋儿”，同治年间就有人以为是“忍心害理”，光绪时候的胡文炳并且以为“揆之天理人情，殊不可以训”。在自己编刻《二百四十孝图》的时候，把它“割爱”了（见《朝花夕拾》后记），足见并不是鲁迅个人独特的见解。

读过这篇文章，有点拉拉杂杂的感想先声明，我做儿子已经任满了，现在正在做父亲。虽然不算年纪大，也四十几岁了；不算读过多少书，比之于古人的五车子竹木板，总要多得多，不算跑过多少地方，也国内十六七省，国外四五国。不是自己卖广告，不过想说明大概不算太年幼无知、见闻狭隘。恕我说老实话，我没有看见一个人是孝子。我不是，我的父母不是。我没有兄弟姊妹，我的妻不是，我的女儿不是。我的隔壁三家，对门四户的人们不是。我的亲戚朋友门生老师不是。大家平平常常，对父母有相当感情，如斯而已。至于专门讲些繁文缛节，如所谓昏定晨省，冬温夏清之类，或做些奇奇怪怪的事情，如卧冰埋儿之类的，正和挖空心事来虐待父母的人一样，连一个也没有。讲孝的故事或文章尽管多，也和《聊斋志异》、《子不语》、《阅微草堂笔记》、《封神演义》、《西游记》之类的书尽管多，却不能真正证明真有这种事实。因此，二十四孝，或二百四十孝里面的人物是不是都真正那样尽过孝，不免有点怀疑。

我觉得这怀疑不算完全没有理由。大舜号泣于旻天，文王为世子，都年湮代远，难以凭信。舜的故事是孟子和跟孟子同时的人说的，孔子时代就没有。孔子时代的人不知道的事，孟子们忽然知道了，这就可疑。文王虽确有其人，他的故事也是后人传述的。古代帝王或阔人都于人民有大功绩。盘古开天地，女娲补天，伏羲画八卦，兴庖厨，神农教稼穑，轩辕制衣裳文字，大禹治水；汤武抢夺人家的江山，似乎没有什么好处，却又叫做“弔民伐罪”，也了不起。当中只有尧舜无话可说，于是尧是垂拱而治，有治绩；舜是孝子，品行好。文王“三分天下有其二以服事殷”，本来可谓忠了，但忠却和他的少爷的“弔民伐罪”有点矛盾，必须再加点什么美德，这就来了孝。开天地，补天，是完全的神话，存而不论；别的东西，大概也都是逐渐发明。读过社会进化史之类的书的人，应该可以理解。许多东西，是帝王所发明，一面固然由于古人的愚昧，不知那些东西从何而来，强作解事的信口雌黄，一面也应该是一种大的欺骗。凡作帝王的人都于人民有大功绩，人民就不应该反对他，后来的帝王虽然自己无功绩，但他的祖先曾经有过，也不能轻易反对。汉高祖时代的话就比较难说了，人们渐渐不容易受骗，著书立说的人也渐渐多，许多东西已经发明，新的东西又不是说要发明就可马上办到的。做了几年皇帝，他的父亲还要跪在门口接他，与孝似乎太不相干。于是来了新的欺骗：他是龙种，他的母亲跟龙睡过觉的，并他的鼻子大。人怎能叫自己的母亲跟龙睡觉呢？应该睡觉的时候，自己还没有生出来，也无法督促。至于鼻子呢，人是很少方法使它变得大些的，正像西哈诺不能把自己的鼻子变小一样。那么，皇帝只好让刘邦去做，我辈小鼻人种，趁早不要痴心妄想。孝也是一样。你想做皇帝么？除非像舜和文王那样讲孝，没有了父母的人首先就没有资格。有资格的，如果真的像他们那样尽孝，孝来孝去，就会壮志消磨尽净，丝毫想做皇帝的野心都没有了。

“君子曰：颍考叔纯孝也，爱其母，施及庄公。”这是“君子”太老实。颍考叔的话，本是有政治作用的，不一定真的想带肉给母亲吃。陆绩也许是被人发见了，临时往老太太身上推，正像李鬼遇见李逵要杀他，就说：“家有八旬老母”一样。老莱子这个人就无事迹可考，有人说是老子，而老子的传记上又没有记载。曹娥江的故事和徐文长故事一样，到处都有，不过各地的姓名不同。大概凡是深水悬崖有点危险性的地方，总有一个这类的传说。我亲临过的孝子潭、孝子崖就不下十余处。“古迹”之类本是用各种方法造出来的；关心伦常的人说是孝子孝女什么的；维持风化的人就说《望夫石》《露筋寺》，向往佳人才子的就说《胭脂井》《小青墓》；而现代的朱家郭解之流也就在西子湖边创造出《宋义士武松墓》来了。孟子曰：“尽信书则不如无书。”曹娥故事也可以这样理解。孔子曰：“孝哉闵子骞，人不间于其父母昆弟之言。”这不过说他家里人说他好，别人也并不怀疑罢了，并没有说怎样孝法。“母在一子寒，母去三子单”也是后人的创作。子路负米，平易近人，但在故事中，却不占重要地位。其余尝粪，割股，埋儿之类，使人想起有人说的“中国人的心灵根本不健全”这句话，至少有些人的心灵是不健全的。埋儿得金跟打虎救父，哭竹生笋，卧冰得鲤等等，简直是神话鬼话。在科学昌明的现代人看来，不值一笑。而且有些纵然是真的也太浪费，老莱子七十几岁还在着五色衣作婴儿啼，倒不如趁早作点别的有益的事，于人于己于父母都较无遗憾。

其次我以为创造孝子故事的人似乎自己就不很孝。他们对于自己的父母印象欠佳，以致对于天下古今的父母的印象都欠佳。他们的故事中的父母，往往是残忍，苛酷，脾气古怪，有“虐子狂”（恕我杜撰）的一些特殊的人物，和通常的情形相差很远。塞门诺甫的《饥饿》里的父亲舍不得把东西给儿女吃。那是一种艰苦的情形，大动乱中，食物太难到手，不免显出人性的自私的一面来。屠格涅夫的《父与子》，写父代与子代的新旧思想的冲突，避免了父子之间的直接的场面。其实父母干涉儿女的思想或婚姻之类的事，倒是很多的。但这只限于父母特别落后，儿女特别进步的场合，而父母对于儿女的虐待的心，也不一定有。《红楼梦》贾政待宝玉很严厉，我也写过我的母亲常常打我。这都是因为教，并且误以打为教的缘故。不一定是虐待，说不定倒是因为爱。俗话说：“只有瓜恋子，没有子恋瓜。”父母大概都是爱儿女的。可是二十四孝里的父母却往往不同。舜的父母拼命要把他弄死。虽然母亲是后母，不免有偏心，何至一定要杀他？况且父亲是自己的呀。黄香的父母眼睁睁地望着儿子喂蚊虫，自己一点不动声色；老莱子的父母明知儿子七十几岁了，还要让他挑水，已经很奇怪；王祥、孟宗的母亲以堂堂的大人，偏在冬天里问小孩子要鲤鱼，要笋子，莫非古代养家赡眷的事情，大人不管，都该小孩子负责的吗？我的母亲虽然欢喜打我，在我小的时候，从来不曾向我要什么东西吃，倒是她常常买东西给我吃。就是我养她的时候，她也从来不挑剔这样或那样。我的母亲也并不是亲母，脾气也相当暴躁的。说到这里，我要以曾经做过儿子，现在正在做父亲的资格，向那些编造故事的人们抗议——一方面为我的父母辩护，我的父母决不是像他们所说的那样；一方面也为自己和妻辩护，我们在做父母的场合，也决不像他们所说的那样。

就算天地之大，古今之久，人性大概有各种各样，不能没有多少奇事。比如孟宗、王祥被母亲打骂得上天无路，入地无门，跑到竹林里哭，河里去找鲤鱼或者是想跳水自杀，孩子们没有知识，不是没有可能，只是生笋得鲤是无知的人加上去的。但是既然这样，何以古往今来，天下之人，都很少对于那些父母加以任何贬词，倒只在劝儿女尽孝呢？本来我们有些不可解的事，比如一个女人遇见强暴，在强暴那方面的公式是不免淫心顿起，以致生出许多事来，事后的评论家们总不责备强暴，只问这女人屈服了没有，以定题诗作赋来颂扬或是不齿于人类来惩罚。但是那是强暴，对于强暴，实在也很少理讲；倒也情有可原。何以对于父母的场合也取同样的态度呢？难道父母那样残忍苛酷，虐待儿女，还不能算世道人心之隐忧吗？父母不好，儿女年龄和智力都有限，不能逃出家庭的天罗地网，已经是极悲惨的事；编故事的还拿这来说教，劝人尽孝来回答！简直有意劝孩子们向暴力屈服。少成若天性，习惯成自然，这样童而习之，长大了也定是惯于向强权屈膝的柔顺的奴才。这也许正是编故事的人们的本意，因为它于皇帝阔人之流是有利的。不过中国人能够做皇帝阔人，外国人也能来中国做皇帝阔人。外国势力能到中国来，不用说，总是强权。对强权屈膝，既早已习惯，也就无暇分什么中国的或外国的了。如果不嫌扯得太远，就说那些高明的故事，和今天汉奸顺民之产生有多少关系，恐怕也不算过分。

《吴虞文录》有好多年没有翻了，手边又无书，就前些年看的印象说，那里面关于孝的论列，大致是可同意的。鲁迅在《魏晋风度及文章与药及酒之关系》里所说的“孝治天下”的道理，也很精辟。不妨向读者推荐。至于我呢，我觉得既然家庭制度还存在，社会的变革又不是一天两天就可完工，家庭经济权操在父母手里，父母大概大都爱儿女的，就今天说，把我们的民族国家的未来主人翁们付托在别人手里，都不比付托在他们各自的父母手里更为适宜。那么，儿女们在不太特殊的情形之下，对父母顺从、服役、爱；在新旧思想冲突的场合，给以可能的谅解；衰老时候的奉养等等，是应该的，也就是孝。只是不必讲得太难，太离奇古怪，甚至于要儿女们的生命。二十四孝如果删成十孝八孝，也许并不坏。

现在的学者教授们有一种妙论，说孝是青年文化，详论少见，不大理解是什么道理。孝自然多是青年的事情，可是如果从新二十四孝里面的一些心灵不健全的创作看来，孝似乎不是青年文化，倒是青年受苦受难的文化。而发这种妙论的先生们自己早已不是青年，而且高高地坐在什么交椅上指导青年，受青年的朝拜的了。这也就不难悟出他们的话里面的正确性的多少来。

一九四一年八月七日 桂林

魔鬼的括弧

哥伦布在汪洋大海中第一眼看见一块木片、一片草色的时候，他是如何地狂喜呀，“陆地！陆地?”他大叫。从此，他胜利了，成功了。自有人类以来的最大的胜利、成功。

哥伦布曾经怎样狂喜，魔鬼也怎样狂喜；哥伦布曾经怎样高叫，魔鬼也怎样高叫，当魔鬼从人们那里发见了括弧的时候（就是那别名引号的括弧——‘’。人们有时候用这括弧）。从此，它胜利了，成功了，自有魔鬼以来的最大的胜利，成功。很快地，差不多一秒钟的万分之一的时间，它就学会了运用那括弧，而且比无论谁都用得好。魔鬼是聪明的。

魔鬼的敌人是神。神在人们中间的信仰是不可动摇的！神的言词是不可驳复的，神的勇力是不可战胜的，多么长的时间哟，魔鬼就为这些事而苦恼着。现在，这些苦恼没有了，它笑了，它有一个巧妙的武器：括弧。人尊敬神么？它在神上打一个括弧：神是崇高的么？它在崇高上打一个括弧：神是正直、勇敢的么？它在正直、勇敢上打一个括弧！无论什么，只要是属于神的，它都毫不踌躇，毫无例外地给打一个括弧。这样，就无须乎再忙于摇撼神的信仰，忙于驳复神的言词，更用不着和神的勇力比赛，神就自然不是神而只是“神”；神的崇高，正直，勇敢也就不是崇高，正直，勇敢，只是“崇高”，“正直”，“勇敢”。在括弧里的字样，向例是含着讽刺的意味的。

但是纵然这样，魔鬼还是不肯罢休，它还没有得到完全的胜利，完全的成功。它还必须在自己身上打上括弧，在自己的属性上打上括弧，比如卑劣，邪恶，怯懦等等。这样，不用说，魔鬼就不是魔鬼而是“魔鬼”，卑劣，邪恶，怯懦也不是卑劣，邪恶，怯懦，而是“卑劣”，“邪恶”，“怯懦”。而括弧里的字样，向例是含有反语的意味的。

于是神不但不是神，反而只是魔鬼；魔鬼不但不是魔鬼，实际的意义，反而是神。不言而喻，崇高反而是卑劣，而卑劣则是崇高；正直反而是邪恶，邪恶倒成了正直；勇敢不过是怯懦，怯懦却正是勇敢；这真是旋乾转坤，化男为女，移山倒海，俾昼作夜的神通，而魔鬼却并未费吹灰之力。不过轻轻地在无论什么上都打一个括弧而已。

魔鬼是聪明的。

从前，神和魔鬼的分别是明显的，一望而知；现在似乎渐渐混淆起来了。从前是神不说魔鬼的话，魔鬼不说神的话的，现在，神虽然仍旧不说魔鬼的话，但魔鬼无论做着怎样反神、渎神的行为，却满口都是神的语言了。既然也有听觉、记忆、发音器官，神的无论什么话，它都可以听到，记住而且说出的；不过只有留心人才听得出它的话里头的括弧。

“亲爱的魔鬼哟，您的方法虽然巧妙，岂不也有点阿Q气么?”

“您瞧!”魔鬼回答，它指着阿Q狞笑，原来它早已在阿Q上打上括弧了：“阿Q”。

魔鬼就这样在一切之上打着括弧。

只有两件事是魔鬼不能明白的：

一、在一切之上打括弧，其实等于对什么也未打括弧。

二、明眼人会看出它的括弧是魔鬼的括弧；而魔鬼的括弧，也就等于没有括弧。

一九四一年八月二十六日 桂林

【选自聂绀弩著《早醒记》桂林远方书店一九四二年版】

汽油——艺术

一 从汽油节约说到张恨水

近来，桂林市上有一种劝谕节约汽油的运动，成绩如何，不得而知。但我却因此想起张恨水君在其近作《八十一梦》的《天堂之游》中有关汽油节约的一段话：

流线型的汽车，如穿梭一般的走着……一辆跟着一辆跑，就像一条长龙在地面上跑。……只见广场中间，树立了一座大铁架。高约十丈。在铁架中间，嵌着铁条支的大字，漆了红漆。那字由上至下，共是八个，乃是“一滴汽油一滴脂膏”。我想究竟神仙比人爽直。这一滴汽油一滴血的口号，他们简直说明，血是人民脂膏。……猪八戒道：你不要信街上贴的那些标语，我坐我自己的车子，烧我自己的汽油，干别人屁事……

如果天上的情形也不过如此，地上的事情，恐怕更难说了。

张恨水君以《春明外史》、《啼笑皆非》两书，拥有广大的读者，他的书的销路之多，恐怕鲁迅、茅盾、巴金、张资平都比不上，而他的读者也未必是别人争取得了的。但不敬得很，十年以前，我曾一再想读完一册他的书，无奈连两页也看不下去，我总觉得他在说些无聊的鬼话似的。

最近，偶然翻翻各地报纸，看见他的《八十一梦》，怀着“看此公现在在写些什么”的心情，看了未完的《天堂之游》，不觉竟为吸引。《八十一梦》，只是一种游戏笔墨，重影射，多谴责，浮光掠影，冷嘲热骂，不脱《官场》《现状》窠臼。虽然比起《啼笑姻缘》来，实在少了许多鬼话。

但我觉得与其看清客们写的老板印象记之类的文章，不如看《天堂之游》。不但没有故意作伪的痕迹，有时候还觉得言之有物，痛快淋漓的，比如其中子路骂毛头星孔明一段：

“住口！我夫子圣门，中华盛族，人人志士，个个君子，以仁义为性命，视钱财如粪土，万姓景仰。你也敢说圣裔两字？你冒充姓孔，其罪一；直犯诸葛武侯之名，其罪二；在孔氏门徒面前，大言不惭，自称义士，你置我师徒于何地？其罪三。”

好久以来，文坛上，就嚷着“利用旧形式”，理论家们无不说得头头是道，振振有词，成绩却不见得比劝节约汽油有何高明之处。为什么呢？能够把握新内容的人，往往不能驾驭旧形式；能够驾驭旧形式的人，又往往摆不脱旧内容的影响，光要新内容迁就旧形式，不叫旧形式来迎合新内容，当然用力多而成功少的。张恨水君是现在能驾驭旧形式的少数人中间的一个，从他的作品，也还能看出逐渐演变的痕迹；百尺竿头，进步正未可量。但和旧形式不是很容易驾驭的一样，新内容更不是轻易把握得住的。我们一面希望张君自己的努力，一面也希望嚷利用旧形式的人，不要忘掉了他。

二　从张恨水说到墨子

张恨水君的《天堂之游》，曾经提到过墨子，也无非说墨子一生处心救世，而贫居闹市无人问，人们却正忙于欢迎有钱的四海龙王之类。只是我倒回头来想到那些劝人节约汽油的先生们，似乎也有一点儿墨子似的傻劲儿似的。

墨子一听说楚国要侵略宋国，就一面派他的学生们，帮助宋国防守，一面自己就走到楚国去见楚王，要楚王不去侵略。事不干己，而劳碌奔波，唇舌焦敝，精神是伟大的。

劝人节约汽油，自然比劝人不侵略别国，事情要小得多，然而，猪八戒先生曰：“我烧我的汽油，干别人屁事！”别人看起来，也真是他烧他的汽油，干我屁事。而有些先生们，也劳碌奔波，唇焦舌敝，可谓小具墨子风度。

劝人节约汽油，就是劝人少坐汽车。我也不大高兴人坐汽车（公共车运输车之类除外），但不是为了节约汽油，汽油如果应该节约，应该严密地统制，政府真有决心，不见得没有办法；“不在其位，不谋其政”，真是干我屁事。我所着眼的比较迂远，是关于社会教育方面。我曾经说过这样的话：“一向不佩服一种升公务员发洋财的思想，以及由那思想表现出的种种行为，对那样的思想与行为，（坐汽车的）阔人们的风头十足和阔人的夫人小姐们的冶容招摇，是有着巨大的诱导作用的。”（拙作《在汽车上》）人一阔，因公当然坐汽车，上餐馆，上戏院，乃至上胡同也坐汽车，不但自己坐，眷属也坐；不但眷属，亲朋也坐；也不但亲朋，娘姨奶妈听差之流也有时坐；更不但娘姨奶妈听差之流，小狗小猫如果主人要带它们出门的话，也无不可坐。汽车而至于小狗小猫也无不可坐，就难怪野心的徒步者会发生“大丈夫不当如是乎”？之类的感想了。所以说，对于升公务员发洋财的思想与行为，有着巨大的诱导作用。但这自然只指还只有很少的人能坐汽车的今天的情形而言。

虽然不大高兴人坐汽车，但至今还没有劝过一个人不坐。我似乎没有丝毫墨子精神，所以对那些劝人节约汽车的先生们，也就觉得有点惭愧。

但劝人节约汽油，是怎样在劝呢？如果到那些有汽车的人们府上去劝，在路上拦住汽车劝，劝不好，采用有效办法更劝，那是真正老牌墨子精神；因为墨子直接劝过楚王。如果只是在这儿那儿，对那些没有闻过汽油气味，也没有梦见过坐汽车的人们，灌输一套“汽油节约论”，对于真正坐汽车的人，至多不过取瑟而歌，使之闻之；虽然仍旧难能可贵，但和真正的墨子精神，似乎不能说没有多少距离。

三　从墨子说到艺术什么的

墨子的精神虽大可佩服；墨子的思想，却不一定可以全盘接受，“尊天”“明鬼”，不脱巫术的本来面目（墨学渊源巫史，且墨本非姓，与儒道名法同为学派泛称，墨与巫，为轻重唇，古音盖同，古人复姓，有澹台，亦有巫马，盖均双声；

今称马来亚，亦曰巫来由。巫音近马，马音近墨，故墨或即巫之或体字）且不必谈；“非乐”一说，对音乐、戏剧、绘画、跳舞、雕刻、建筑等等艺术一齐反对，器量是很狭隘的。

自然墨子反对艺术。主要的是艺术都被特权者拿去享乐去了，但因为特权者享乐，就反对艺术本身，究竟是因噎废食。孟子就比较漂亮，“王请勿好小色”，“王请勿好小货”，深得因势利导之旨。故荀子说：“墨子蔽于用而不知文。”(《解蔽篇》)，“墨子之非乐也，则使天下乱。”(《富国篇》)。

然而墨子的“非乐”见解，一直到现在还存在于许多狭隘的实用主义者的脑筋里。“文学不死，大盗不止”，早听见过了；抗战以来，更有人以为国难期间，还演什么戏，唱什么歌，画什么画呢？热心青年问题的指导者们，又在以身作则，苦口婆心地劝人莫读文学书。

不错，象牙塔里的艺术，也就是专供特权者享乐的艺术，我们是要反对的。但对于另外一种艺术，为人民所需要所享受而能启迪人民推动人民，煽起潜伏在人民中间的抗战的火焰的艺术，却应该提倡。如果抗战不是四万万五千万人都必需同时拿起枪朝敌人射击的意思，至少，暂时之间，有人演演戏，唱唱歌，画画画，写写文章，只要那戏，那歌，那画，那文章是有利于抗战的，或者更博大点说无害于抗战的，似乎并不就等于逃避兵役或者浪费了军用必需品的汽油。等到必需每个人都冲锋陷阵的时候，再叫他们去拿枪，也不算太迟，那些正在非难艺术的先生们，岂不是今天也还没有拿着枪么?

《漓江雅汇》的小启说："艺术为人类文化最高之表现，亦为人类生活最高之享受……时代兴衰，有关艺事；国家隆替，总系人文。"正说明着艺术的作用。抗战以来，戏剧、音乐、绘画、文学，这些艺术所尽的推动作用，有目共睹；叫艺术家们离开岗位来参加抗战，不如让他们不离开岗位来参加抗战，得到的实用更大；但这似乎不足以语于狭隘的墨学者们，更不足以语于一面自己吟风弄月，玩着消闲游赏的"艺术"，一面又非难有积极作用的艺术的先生们，以及别有用心，怕人读文学书什么的"指导者"们。

或曰，中国的艺术，有些是很落后，很低级的，比如某些旧戏。但旧戏之类之所以落后，所以低级，正因为有学术思想的人不肯过问，有权力的人让它自生自灭的原故。落后的、低级的艺术之所以能在民间存在，为人民所欢迎，是因为人民自己也落后，也低级的原故。不从政治上改善人民生活，从文化教育上提高人民水准，而空谈提高艺术，纵然可能，也不过使艺术变成骈四俪六的文章，平平仄仄的诗词，无论雅人们怎样阿嗜，俗人总是高攀不上的。现在的问题是应该怎样推进落后、低级的艺术，而不是因为它落后低级就反对它，鄙视它，取消它。

【选自聂绀弩著《历史的奥秘》文献出版社一九四一年版】

阮玲玉的短见

男女平权是五四运动的主要课题之一。它的涵义无非是说女人应该有和男人同样的人权，应该有和男人同样的社会地位；同时也无非说明那时以前的女人是屈服在封建道德——旧礼教的束缚之下的某种东西，是她们的父亲、丈夫甚至儿子的附属物（在家从父，出嫁从夫，夫死从子），是家庭或闺房的必需品，然而不是一个和男人一样的社会人。

不错，“五四”以后，要礼教的淫威已相当地减低，一部分的女人已得到许多“五四”以前的女人所没有的某种程度的自由——恋爱、婚姻、教育、职业等等；可是不但穷乡僻壤，没有知识，依赖男子为活的女人们的生活，比“五四”以前的女人没有改变什么；就是住在都市上，受过相当教育，独立生活着的女人像阮玲玉，也仍旧没有取得社会人的地位，和“五四”运动开始的时候所预期的男女平权还差得很远。

在这里，我不想分析何以成为这样的原因，

那分析且留待别的机会；我只想指出我们今天的社会仍旧是种怎样的情形，同时说明阮玲玉没有得到社会的地位，是她不得不寻短见的一个重要因素。

阮玲玉寻短见，以张达民的控告为导因。张达民何以能控告她和唐季珊呢？岂不是因为张达民和唐季珊彼此都各以阮玲玉为自己的东西而发生争夺？岂不是因为张达民和阮玲玉都以为阮玲玉背弃张达民正和奴隶背弃主人一样，所以才一个怀恨，想把背弃的形式转换为贩卖的形式，以保持主人的尊严，因而索价，索价不遂，因而控告；另一个则觉得“人言可畏”（阮玲玉绝命书）不能不以一死谢责的么？从“人言可畏”这句话看来，可知不但张达民、唐季珊、阮玲玉三个人这样看，这样想，就是社会上一般人也是这样看，这样想；既然社会上一般人和他们三个人都是这样看，这样想，岂不是说明阮玲玉并没有得到社会人的地位，还不过是，或应该是张达民或唐季珊的一件附属品么？不错，阮玲玉已经有了正当的职业，并且享到了不小的荣誉，她对于艺术乃至社会的贡献，决不是衙蠹、市侩的张达民、唐季珊所可望其万一；但尽管这样，一触及另外方面的问题，她在社会，在家庭乃至在她自己的观念里，她始终没有超过附属品的地位。正像伊索先生，哪怕他的文学天才为人所景仰，他的寓言为人所传诵，但他自己仍不过是他的主人的奴隶而已。

如果阮玲玉不是一个附属品而是一个社会人，在这样的场合，他不会像被贩卖一样地被张达民索价，纵然被索价，也不会被控告而觉得“人言可畏”的吧。那么，有什么理由会叫她寻短见呢?

然而阮玲玉如果是一个真实意味的奴隶，她也许不会寻短见。因为主人的苛虐是可以被奴隶习惯，被认为是正当，甚至被认为是恩惠的。同时在主人方面，他有充分的权力可以公然处治一个背弃自己的奴隶，也用不着奴隶自己准备的安眠药。如果我们的社会还是一个完全的封建社会，那情形也会完全不同。我们历来的女艺人的地位的卑下是周知的。

过去的且不说，就是现在的那保有最浓厚的封建气氛的旧戏班里的女伶乃至电影界的某几个个别的女明星，仍旧只是达官贵人、富商大贾、公子哥儿们玩弄的侍姬、外室乃至夜度娘。从这一事实可以推知，如果在完全的封建社会里面，阮玲玉的地位，会比现在所有的还要卑下。并不是说如果地位卑下就不会寻短见，只是说处在那种地位的人，她的知识思想乃至感情，会被蒙蔽被束缚得更厉害，更容易学会屈服，更容易安于卑下，能够感到像阮玲玉现在所感到的矛盾苦闷因以寻短见的机会是少有的。

现在的社会不用说不是奴隶社会，也不是完全的封建社会，像前面说过的一样，一部分妇女们已经得到了恋爱、婚姻、教育、职业方面的相当的自由。她们不但不是奴隶，并且也已经不是完全的附属品。

她们的知识思想乃至感情上的蒙蔽或束缚，已经不像从前那样厉害，比较容易有一个觉醒的或半觉醒的灵魂来感知她们所接触到的社会的一切。但是另一方面，封建势力还残存着，封建时代的文化思想——道德观伦理观还或多或少地盘踞在她们的脑子里。恐怕很少人能够说洗清了他脑子里的封建残余。那些旧的道德观伦理观，在大多数民众，也许还是唯一的精神的财产；但对于一部分过着另外一种生活的人，却是和他们的生活方式不适应的，甚至和他们的思想冲突的。平居无事的时候，纵然觉得不调合，却很容易持一种优柔的态度，以为不肃清它，也不足重轻；可是一旦有事，它却冷不防地作起怪来，和你斗争，不是你毁灭它，就是它毁灭你，阮玲玉的短见就是具体的说明。

据接近阮玲玉的人的谈话及她自己的绝命书

看来，阮玲玉的脑子里的封建残余是很有力的，但是由于社会情势的变易，她生活环境的指唆，她已经和旧式女人不同，也不能作一个旧式女人了。如果她的婚姻没有什么纠纷，新和旧的冲突也许会潜伏着的吧。可惜她没有那么好的运命，一个看起来好像是很容易解决的纠纷倒成了她致命的导因。到这时候纵然发见那封建怪物的毒恶，已经迟了。

杀阮玲玉的不是她自己，也不是张达民，唐季珊某个人，是到现在还残存着的封建势力，是那盘踞在我们每个人的脑子里的封建社会的道德观伦理观。五四运动没有完成肃清封建文化的伟业，封建的毒焰现在反有日渐旺盛之势。阮玲玉是作了这不幸的时代的牺牲，但像阮玲玉的人，“真所谓滔滔者天下皆是也”，她不是最初的一个，也不会是最后的一个的吧。

为了纪念一个多才多艺的艺人，为了拯救传统文化束缚之下的未来的牺牲者，我们对于残存的封建势力和封建制度留下来的任何影响，是不能忽视的。在《太白》第十期，我发表过一篇《谈娜拉》，内面有：“娜拉的时代已经过去了”，“新时代的女性会以跟娜拉完全不同的姿态而出现”之类的话。但娜拉的时代虽然过去，新时代的女性身上应该同时负有作为反封建的娜拉的任务，也只有通过新女性的势力，娜拉的愿望才能彻底实现。阮玲玉的短见将成为新女性的一个有力的刺激。

【选自聂绀弩著《蛇与塔》文献出版社一九四一年版】

小 雨 点

三四流以下的作家的骂人文章，就像小雨点洒在身上。

——梁实秋

一 赞壕

新的英雄站在高高的擂台上大声喊叫：“谁有本事就上来较量较量!”

可是擂台周围是一条深而宽的壕沟，壕沟里盛满着粪便，便是游泳家也只好皱眉、叹气。

于是我们的新英雄至今而且恐怕会永久碰不到一个敢和他交手的人，因为他的地位站得好。

二 扬威

希特勒对民主国说：“你们‘围剿’我，你们就错了。依赖人多势众的办法，正是我们（!）所最鄙夷的一种手段。狮子老虎总是独来独往，只有狐狸和狗才成群结队!”

然而希特勒仁兄，你为什么还要说“我们”呢？正是自诩为狮子老虎的时候，屁股下却拖出狐狸尾巴来。

狮子老虎又是什么东西呢？是兽类，却吸别的兽的血，吃别的兽的肉。这吸同类的血，吃同类的肉的畜牲!

狮子老虎也吃人，但据说有一种美德：不吃死人肉。吃死人肉的只是野狗蛆虫之类。

三　定分

贝当佛朗哥之流说：“我们容忍一切，就是不容忍那‘不容忍’的态度。”词藻多么美丽，又多么确切呀，只一句话，把自己的身份和性格都表现无余了。容忍主人所施给他们和别人的一切，但决不容忍奴隶们的无法容忍时的愤懑和反抗。而且贝当佛朗哥在这一不容忍上是极端“自由”的，这些卑怯的奴隶总管们!

四　明术

楚平王是伟大的，因为他的尸体也可以使英雄们建功立业。

伍子胥也是伟大的，因为当他鞭打楚平王的尸体的时候，那尸体连哼也不敢哼一声。

然而在伍子胥却是无法可想，兴师动众地赶来，楚平王已经死了，就只好鞭尸泄愤。伍子胥的徒孙们则不然，楚平王活着时，一个个销声匿迹，不知躲在何处；刚一死，他们就从各个黑角落里伸出头来。楚平王的尸体莞尔而笑曰："山人早已算就了!"

五　怀古

我尊敬阿Q。

他不曾说："我的脸被赵太爷亲手打过，所以我了不起。"

也不曾说："赵太爷打我，所以他不是东西。"

更不曾跑到赵太爷的仇家——假如赵太爷有仇家——捧着脸说："瞧，我早就忠于府上了，姓赵的那老东西打过我的耳光，就是凭据。"

世道衰微，阿Q的朴质遗风尚有存焉者乎!

六　估价

浮士德签过灵魂的卖契之后，他的肉体就得到完全的"自由"了。

浮士德的灵魂多少钱一斤，书无明文，这是哥德的疏忽。

考据家曰：每斤五百马克。

原来价钱也果真是价钱。可是一说，那正是马克狂跌的时候。

七　感剧

旧戏里有一出《打花鼓》：打花鼓的女人在跟大相公如此如此之前，讨价还价，扭扭捏捏地说："我们是人家人，清水货。"我听了要作呕。

江湖卖艺的女人，真有在火坑里修行，出污泥而不染的莲花吧，但她决不会动不动表彰她自己"是人家人，清水货"。她无须说，也没有机会说——她不和人在某一种勾当上讨价还价。开口闭口"是人家人，清水货"的，这种"清水货"其实早就和野鸡咸肉差不多，满身梅毒花柳了；如果诚实是美德，比野鸡咸肉恐怕还要等而下之的。《夜上海》里的吴姬说："人家别的舞女，并不是什么学校的高材生，还不都是假造身世，假门假事地编了谎话来自我宣传？"真是一语揭破。好在大相公之流，总是明知故昧，并不计较这些。

"我们是自由主义者"，这是一句好话，可惜说出的场合，那意义常等于“奴是人家人，清水货”！

八　颂家

某教授说：天下之所以还如此其糟者，因为一部分人想有一个家而不可得也。这话，对一部分人是确切的。

那么，我们祈祷那一部分人早日得到一个家吧。

那么，我们为那想家多年而终于得到了家的人们庆贺吧：堂哉皇哉，美奂美轮，歌于斯，哭于斯，从今以来，不再是“丧家的”什么了！

如鱼得水，如虎添翼，真是得其所哉！得其所哉！

九　喜雨

或本《金瓶梅》上有一个回目：《王婆帮闲遇雨》。帮闲而风不吹，雨不淋，安安稳稳自自在在拿白花花的银子，固然很好；但未免显不出帮闲的劳绩。如果遇雨，虽非什么滔天大祸，而一身湿漉漉，不必开口，也够使人想到“为谁辛苦为谁忙”，不能不多掏腰包了。

然而遇的雨太大，说不定也会伤风咳嗽，于身体也不很适宜；顶好，遇着的是微雨，既可讨好，又不伤身，两全其美。

那么，小雨点，去吧，去洒在王婆身上，她会欢迎你，为了你是她的恩物。

一九四二年一月八日 桂林

【选自聂绀弩著《早醒记》桂林远方书店一九四二年版】

兔先生的发言

“现在请兔先生给我们讲几句话。”

在全体来宾一阵掌声安抚了一个讲演者之后，狮先生站起来，和容悦色地请兔先生发言。于是来宾又鼓起掌来；多数来宾还“哦哦”地叫：有的扭头，有的侧身，有的把望远镜拿起来，所有的眼光都集中在兔先生身上。那些眼光，也有惊讶的，好像说：“还请他说话?”也有鄙夷的，意思是：“你也配讲话么?”也有幸灾乐祸的：“看你讲出什么来?”也有替古人担忧的：“这席话可难讲啊!”更有等机会在东道面前讨好的，心里想：“一句话不对，老子就首先动手，要这小兔崽子的命!”

这是森林中间的大宴会，东道是狮先生，来宾有象先生、熊先生、虎先生、豹先生、狼先生、狐先生、鹿先生、野猪先生、野猫先生……所有森林里的大亨乃至小百姓都一齐请到了，更是一齐都出席了，谁敢不出席呢？用新闻语说，就是“济济一堂，极一时之盛”。而叨陪末座的是我们的兔先生。

兔先生是在座诸公中体格最小的一个，恐怕也是最弱的一个吧！他很少机会参加这样盛大的宴会，他常常是很幸福地被忘记了。他虽然身体小，在来宾中却极其显眼，因为他的服装的颜色是显眼的，像雪一样。在我们人类，只有新娘子到结婚的礼坛去的时候，才穿这种颜色的服装。有人说：结婚的礼坛就是女人的祭坛，像太牢少牢们被宰了送上去的那神前的祭坛；女人被送上祭坛去的时候，服装的颜色和兔先生的经常的颜色是一样的。有的地方的人，遭逢着人生最大的不幸，比如说：儿子死了父母，妻子死了丈夫，这才穿这样颜色的服装；但兔先生却把这样颜色的服装经常地穿着。兔先生不光服装的颜色特别，眼睛的颜色也很特别，像哭得太多了似的红。兔先生也哭过吧，哭过的时候，眼睛是红的；但不哭的时候究竟多，就是不哭的时候，眼睛也是红的。生来如此，与哭不哭无关。但有人说：生来如此，恐怕是遗传；兔先生知道，爸爸和妈妈的眼睛，的确也是红的，说不定祖先的眼睛也这样；那么，祖先们也许哭得太多了。

森林里有一条好法律：无论怎样的小家伙，在家庭里都可以放肆。年轻的时候，骂骂爸爸，打打妈妈，谁也不会干涉；讨了老婆或嫁了丈夫，欺压一下老婆或丈夫，也决不会出什么乱子；年纪大了，有了儿女，儿女当然是出气筒。可是一离开家庭，情形就两样了。大亨们是那样多，几乎每走一步都会碰见；这并不要紧，要紧的是大亨们都难以侍奉。有一种法律叫做“吃掉法”，是专为小动物侍奉大亨们而设的，那上面自然写着许许多多的字，例如第五百八十四条，第七千六百三十二条，第三万八千六百二十一条，第五十四万一千九百八十一条，第九百九十二万二千八百八十六条，第八百六十二万条……等等，但每条的收尾两个字都是一样：“吃掉”！比如说，一个小动物像兔先生似的，偶然在森林里散步，不幸而碰见了虎先生：照小动物的习惯是，站在路旁，恭恭敬敬请一个安，说声“虎先生，您好哇!”这时候，虎先生如果高兴，那就是说它老人家肚子饱饱的，不想吃什么，把兔先生的话当作耳边风，昂头阔步地走过去，或者鼻子里“唔”一声，头也不点就走过去的时候，在几千年几万年的长时间中，有这么一回半回也说不定的。可是虎先生或者别的大亨，却常常是不高兴的，或者说常常是胃口很好的：“怎么，你问我好么?我有什么不好，你敢讽刺我么?”下文不必说，就是“阿门”一口，把兔先生吃掉。因为吃掉法上明明写着：“凡对大亨说‘您好’者，吃掉!”谁吃掉谁呢？当然是大亨吃掉小动物。如果碰见的是豹夫人，说的话是："豹夫人，今天天气吓吓吓！"结果也一样，吃掉法上也有："凡对大亨夫人说'今天天气吓吓吓'者，吃掉！"不说什么也不行，吃掉；装做没有看见也不行，吃掉；看见了回头跑，吃掉！逃到别的森林里去，别的森林里自然还是有大亨，且不必说；但被本森林里的大亨抓回来了，仍然是吃掉！所有这些吃掉，吃掉法上都有明文规定，是之谓"吃掉法"。这吃掉法，兔先生并未看见，更不知道里面究竟写着一些什么；因为它被保存在大亨们那里，是大亨们写的，也并未征求任何小动物的同意。但也一样，反正兔先生之流，一不识字，二无法律知识，三家里房屋窄小，没有地方摆那些高文典册。再说：识字，有法律知识，把那些高文典册摆在家里又有什么用呢？反正条文太多，记不清楚，谁能被吃掉了之后再回家翻书呢？就是记得清楚又有什么用呢？反正不能对大亨说："你这回吃掉我，没有法律根据呀！"吃掉法上难道不能载着一条："凡说大亨的行为没有法律根据者，吃掉？"在兔先生的家族或者亲眷中间，谁也不知道什么叫做死，也从来没有谁死过，它们的结局只有一种："给吃掉。""宝宝不要跑远路了，小心给吃掉！""爸爸天黑还没有回来，一定是给吃掉了！"这就是它们中间流行的语言。从荒古以来，那些列祖列宗都是给吃掉了的。兔先生之流，都是一些对于家属亲朋的感情极为浓厚的，一知道谁给吃掉了，少不得大家都嚎啕痛哭起来。从荒古以来的列祖列宗们起，就是如此。从此，人就可以明白：为什么兔先生的眼睛生来就是像哭过的。

这样一位兔先生，坐在几乎全体是大亨的宴会上，心情是颇有些尴尬的。常言道得好："宴无好宴，会无好会。"这回大概是九死一生了。"兔生一世，草生一秋"，"兔活百年也是给吃掉"之类的成语，兔先生记得烂熟；然而"蝼蚁尚且贪生"，比之于蝼蚁总算是庞然大物的兔先生，又怎能因此而旷达？何况太太昨晚没有回家，一定是给在座的哪位大亨吃掉了。"兔非木石，孰能无情？"兔先生就因此更加伤感，不过这都是内心的事，表面上还是像在专心致志地在敬听大亨们的讲演；在每位大亨讲完之后，也没有忘掉鼓掌欢呼，只是讲演的内容，却一句也没有听进去。兔类虽然没有仇敌这名词，正像也没有恩人这名词一样；虽然报仇雪耻，从来不曾放在考虑之列；但"非我族类，其心必异"的道理，兔先生却是明白的；无论说什么，总不会给自己有什么好处；就是有，也不过说说而已，谁也不会当真，听不听都一样。自己的文化程度本来不算是太高，大亨们的讲演中，有许多美丽的词藻，特别的名词术语，常常是自己所未听过，或者听过，那含义又刚刚相反的；就是用心听，也不一定就完全懂得，鼓掌欢呼，这就够了，还用得着什么呢？

然而东道说：“请兔先生给我们讲几句话！”这时候，菜上到第五道，摆在兔先生面前的是一盘热腾腾的烤兔腿，兔先生正望着它发愣。皮剥了，又经过烤制，颜色也不同，但是，是兔腿却很明显。为了太太没有回家，兔先生心里正在难过，谁知在这里要自己吃自己的太太的腿了！作算这一只不恰巧就是太太的，也定是戚族中的谁的，而太太的几只腿，更定是分放在别的来宾们面前。这样想，兔先生便觉得大亨们把太太烤了来吃，实在比当场“阿门”一口，生吞活剥地吃掉，要残酷得多；而要自己来吃自己的太太，又比把太太和自己一齐烤得让大亨们吃，要残酷得多。这样残酷的事，简直把兔先生吓昏了，几乎以为自己是在梦中，要不是大亨们的掌声噼噼啪啪地响着。一听见掌声，虽然不知道是谁说过话还是谁讲话，跟着鼓掌总不会错，于是自己也噼噼啪啪鼓掌了。

“兔先生知道自己的讲演一定精彩，所以先就替自己鼓掌了。”

狡猾的狐先生找着一个开玩笑的机会，话一

说出，引得许多来宾都笑了。兔先生这才意识到东道所请讲话的就是自己！这真是没有想到的事呀，竟会像自己这样的小动物，也配在这样盛大的宴会上，对这样多的大亨们讲话么？兔先生平日也未尝不是个饶舌家，但那总是和自己差不多的小动物们在一块儿的时候；在大亨面前，除了等候吃掉以外，从来不曾有过发言的经验。今天的心情特别不好，大亨们讲的话一句也没有听进去，连东道宣布的宴会的理由也是如此。大家正在笑自己替自己鼓掌的滑稽，再一把他们意见弄错或者说的和他们说的话刚刚相反，他们一定笑得更厉害。笑笑倒是小事，生命的危险也许就藏在这些笑声中间，想到这里，兔先生觉得身上一阵寒冷，腿上的肉不住地颤动，现在正在什么地方，有谁正在请自己讲话的事，倒通通忘了。这大概真是一个梦，一个可怕的梦！凡是梦，终久是要醒的，无论怎样可怕的梦，一醒也就好了；这个梦要特别醒得快才好，可是怎么还不醒呢？

“兔先生，”坐在旁边的鹿先生推了兔先生一把，低声地说：“请你讲话咧！”

“哦哦！”兔先生真有点像从梦里醒来似的站起来：“兄兄弟，兄弟，”可是马上又想到自称兄弟，本来习惯上是谦虚，但在这儿用，却是绝对僭妄，连忙改口：“本席，本席。”本席似乎更不客气，想改口称“小的”，一想到现在是宴会，和跪在法庭上不相同，怕大亨们疑心故意讽刺，那就爽兴称“我”吧。“我我没没有话话说，我不不会说说话。”这样一声明，满以为可以应付过去了，于是又坐下。

“就这样一句么?”狐先生不满足地问，虽然并没冲着兔先生的脸。

“这未免太简单了吧?”熊先生也说。

“这不像话!”不知哪几位先生同声说。

“不必客气，兔先生，随便给我们一点教训，机会难得，大家都在等着听咧。”

东道说这话的时候，脸上是冷冷的，兔先生望了望别个，别个脸上也冷冷的，都一齐望着自己，似乎都在说：“不识抬举的东西!”

看样子，不说点什么，是不能收场的。但是说什么呢?

兔先生年轻的时候也曾有过各种各样的幻想，比如说，什么时候在大亨面前开诚布公，倾心吐胆地谈一回话，就是其中之一。年轻的兔类们，虽然不知道什么叫做仇恨，但眼睁睁地望着骨肉亲朋给大亨们吃掉，总不能心里一无感触，这就是说不能不牵动一下脑筋。脑筋这东西只要一动，就随便什么危险的思想都会产生出来。要兔类没有谁给吃掉或者少给吃掉，非要森林里的大亨们减少或者绝迹不可，有什么方法能使它们的数目减少乃至绝迹呢？一想到这样的问题，马上就发生了许多不同的意见。一种是祈祷派，主张祈祷天老爷把这些大亨们趁早收回去。一种是计划派，主张估计大亨们每年需要吃掉多少只兔，由兔类组织一个委员会来计划地征集进献，却请大亨们再不在路上随意吃掉额外的兔类，据说，这样就既可由各家平均分摊，又可把一些败类进献上去，比较合理，所以也称合理派。还有一种饥饿派，主张绝食，饿死也不给大亨们吃；至少也节食让自己身体永远养不胖，大亨看见瘦骨嶙峋，就引不起食欲，不想吃掉，就是吃掉，味口和滋养都不行，于大亨们的好处就很少。最危险的一种是服毒派，主张每次出门，口里都含一包毒药，一碰见大亨要吃掉自己，就先把毒药吃下去，让那毒药到大亨肚里去发挥药性。各派的主张，兔先生都不满意；祈祷派空言无补，“不问苍生问鬼神”，也是世道兔心的隐忧。计划派虽较切实际，但谁也不能担保大亨们吃掉额定进献之后，一定没有额外需索。“江山易改，本性难移。”大亨们有时候连自己也克制不住自己的。饥饿派违背兔情和万物的生存原则，难以实践。又无法证明大亨们一定不吃瘦的。服毒派忽视了毒药是禁物，来源极少，毒死大亨，自己也不能活，也不是聪明办法。祈祷派和服毒派的目的都在使大亨死掉，更不算一种纯正思想。我们所需要的并不在他们的死，而在于他们不吃掉我们。假如他们肯不吃掉我们，他们的活着于我们有什么妨害呢？我们要求不给吃掉，是天公地道的，因为万物都应该生存。可是大亨们的生存也天公地道，我们应该尊重。大亨们之所以看见我们就要吃掉，完全是被一种偏见所蒙蔽，被一种不合理的生活习惯所陷溺了的缘故，其实兽类并不要吃别的兽类的肉才能生活；野草野花野菜野果的甘美，远在动物的尸体的滋味之上，有一次自己曾碰见一只死老鼠，偶然动了想尝尝的欲念，可是一尝，天哪，那是什么味道啊！腐臭腥骚，简直不能下喉，真不知大亨们为什么喜欢这种滋味，难道他们从来不曾尝过植物的味道？我们虽然是小动物，但是也是生命，也有求生的欲望，也有父母夫妻的感情和家庭的乐趣，而且又是我们所贪恋的。大亨们不曾和我们一块儿生活过，完全不了解我们的情形，不知道它们一时口腹之欲，给我们的灾祸是如何巨大。假如明白了这一切，纵然送给它们吃，它们也不会忍心吃的。要它们明白植物的滋味，了解我们的生活，理解万物都应生存和别的动物的生存也该尊重的这些道理，都极其容易，只要一席话就够了；问题是难得有这样的机会。

那些头等大亨被二等大亨们包围得水泄不通，二等大亨又被三等大亨包围得水泄不通，谁也见不着他们。而见着的时候，他们忙于吃掉，别个忙于被吃掉，简直没有说话的余裕。只要有一天能够见得着了又不发生什么不幸事件，从从容容详详细细地谈一回，不必有什么激烈行动，也不必存什么不纯正的念头，一定可以化干戈为玉帛。这就是兔先生年轻的时候所常常发挥的主张，别个也相信这位舌辩家要是真有这么一天，他一定能达到目的的。

这已经是年深月久的事情了。从最初一次激昂慷慨地发表那样的意见到现在，中间经过爸爸的给吃掉，妈妈的给吃掉，哥哥嫂嫂以及最近太太的给吃掉，兔先生饱经伤乱，精神渐渐颓伤，对于自己的主张也不像从前那样自信了。在被邀请来参加这宴会的最初的一瞬间，虽然也正为了太太的被吃掉而心灰意懒，这应该说是早已忘记的昔年的主张的影子也未尝不在心里动了一动，这机会终究来了。但一到这宴会上来，看见那些雄赳赳气昂昂的大亨们，觉得不但狮先生象先生熊先生虎先生这些头等角色，摆着顺我者生，逆我者死的狰狞面目，就是端菜筛酒的狗们都威风凛凛杀气腾腾；叫别个一见之下，不寒而栗。它们都不像能接受谁的意见的角色，无论怎样入情入理的话，除了顺着它们的意旨的，说出来后，收到的效果，恐怕只是触怒。“明哲保身”，古有明训，从种种伤乱中格外觉得生之可乐，死之可悲的兔先生决定得装傻处且装傻，得缩头时且缩头，无论什么话也不说，无论什么态度也不表示，只盼望宴会赶快终结，自己能平平安安地跑回家去，从此闭门隐居，不再出来，或者可以多活些时日。

然而东道一再敦请讲话，来宾们也都帮着催促。固执不讲，反而会得罪他们，使他们有所借口来加害自己，无法可想，就讲几句应酬话吧，于是他站起来，忍着身上的哆嗦。

“伟伟大的狮狮先生！”向东道鞠一个躬，“各各位尊尊贵的来来宾！”向全体来宾点点头。

“今天——我我参加这这个盛盛会，我我觉得非非常荣荣幸，我我非非常感激，非非常感动——”

“他的牙齿在打架咧！”不知是谁说。

“先先生！”他向那说话的鞠躬，他是机警的，马上用话去掩饰自己的颤栗：“是是的，我说得太，太结结里结结巴，因因为我太太兴奋了……”

“瞧！他还流泪，”另一位谁说，“我看见一滴泪珠，滴到菜上了，为什么？”

“是的。先先生！”他又鞠躬，“我流泪了。”

他趁此揩了一下眼睛，“为为什么呢？这这不是很很明白么？因为，因为太太感动了。”停了一下，他又说：“我我觉得我我们的狮狮先生太太伟大，太，太仁慈，太尊重森林里大大小小的动物，太尊重各各种动物的意见。比比如像我我这种小小动物，也也没有忘记邀请赴宴，没没有忘记邀邀请发言，就就是一个铁证……”

“哦，哦！”来宾们叫，同时是一片掌声。

“狮先生是我们森林里的救主！”他说，他的话一得到赞赏，他也就再不口吃了，“尤其是我们小动物的救主。要是没有狮先生和狮先生领导下的在座的各位先生，这森林一定会被别的凶恶的野兽所占领。他一定会把我们小动物吃光，把森林里的一草一木都吃光。我们活不成，就是活得成也没有东西可吃。幸而有狮先生，有狮先生领导下的各位先生……”

“哦哦！”来宾又叫，又是一片掌声。

“我们小动物，生来就是不幸的，生得太小，就是个证据。因为自己常常碰着不幸，又不懂得不幸是分所当然，请让我说老实话吧，有些少数荒谬分子，便以为是谁加给我们的。一来因为他们天生荒谬，二来恐怕还有谁从中挑拨是非，这是不应该饶恕的，但他们都不明白狮先生和在座的各位先生是如何地仁慈宽大，绝没有丝毫加害于我们的心思。这是一种可怕的隔膜，我们要打破这种隔膜！从今天起，我要向我的同类宣扬狮先生和在座的各位先生的这种德意，要他们尽量地接近先生们。要他们明白，在我们的森林里，已经比别的森林所发生的不幸要少得多，因为给伟大的救主狮先生吃掉或者给救主的使徒们熊先生虎先生吃掉，比之于给别的森林里的野兽吃掉，简直是一种光荣的结局！”

“哦哦哦哦！”又是欢呼鼓掌。

“今天，我真是酒醉菜饱，随便乱说。筵席丰盛极了，口味好极了，从来没有吃过这样丰盛美好的筵席，十二万分感谢狮先生赐给我们的筵席的恩典；也十二万分感谢狮先生命我讲话，各位先生容许我讲话的恩典！完了！”它又向狮先生和来宾鞠躬。

“哦哦哦哦！”怒潮一样欢呼和鼓掌。

“讲得真好。”豹先生没口地称赞。

“了不得，简直是天才演说家。”鹿先生伸着大拇指。

“乖乖！”虎先生跑到跟前一把抓住它说，“你怎么有这样好的口才？”那爪子几乎刺进肉里头去了，兔先生感到像火烧一样疼痛，可是不敢叫唤。“我真爱你，我恨不得把你一口！”“阿门”，虎先生张开大口，露出了上下两排白牙，做了一个要吃掉的样子。兔先生以为它真要吃，早吓得魂都不在身上了。

幸而这宴会不久也散了，他们也未注意它吃过那盘兔腿没有。兔先生如遇皇恩大赦，这才觑了一个大家正在高谈阔论的机会，辞也不敢叫，装作小解，偷出大门，射出的箭一样地跑回家去了，听说以后还生了好些日子的病，几乎开了兔类的先例，死在自己的床上了。

一九四二年二月二十一日 桂林

论莲花化身

《封神》文字拙劣，唯哪吒出世一段最为精彩，因为题材太好，也许正是作者的思想的寄托的所在。

哪吒是陈塘关总兵李靖的小儿子，因为在河里洗他的兵器——或者说玩具——混天绫、乾坤圈什么的，惊动了龙宫，龙王的儿子出来干涉，出言不逊，被他把筋抽出来编了一条带子。李靖看见他致死了龙子龙孙，吓得屁滚尿流，一定要把他杀死。他哀求，爸爸发怒；他逃，爸爸追；他让步，爸爸下毒手。“父要子亡，子不敢不亡。”他就抽出刀来，把身上的一肉一块一块地割下来掷还给爸爸了。后来他的师父太乙真人用莲花莲叶替他作了一具身体，让他的魂魄有所寄托，他才活转来——大意如此。

孝道观念支配了中国人的生活思想几千年；如果仅仅是儿女的纯真的自发行为，原也未可厚非，但不是这样。大而言之，是封建帝王的统治工具；小而言之，是愚父愚母的片面要求。根本要义，不外牺牲他人，完成自己的特殊享受。推至其极，可以造成卧冰，埋儿，割股……等血腥的惨事，是最戕贼人性，离析家人父子感情的东西。

孝的说教者们振振有词，津津乐道的孝的理由是什么呢？简单得很，无非“身体发肤，受之父母”，“父兮生我，母兮育我……”之类。不用说，父母养育儿女的艰苦，和对于儿女的爱，是不容抹煞的；但那一方面是自然的法则，一方面是他们做人的责任。不能说是什么了不起的恩德，更不能因此苛索儿女的报偿。人的身体发肤虽是人的必备条件，但人之所以为人，却并不专靠身体发肤。我们说某人是大人，并不指他的身体魁伟；说某人是好人，也不是指他身体的康健或形体的完美。可见人生于世，必有比身体发肤更重要的东西，而那些东西，却不一定都是父母所能给予的。

孝的说教最不足为训的，不在使儿女孝顺父母，而在使父母中了它的毒，对于儿女对于自己的任何侍奉都居之不疑；自己对于儿女的任何苛虐，都毫无内疚。因之在新旧思想交替的时会，常有顽固的父母，滥用家庭的权威，为旧思想保镳，阻碍儿女进步，甚至迫害儿女。如传说中的瞽瞍夫妇之于帝舜。人被逼得上天无路，入地无门的时候，不免想到：父母何以能如此猖狂？不过曾给我以身体发肤罢了！安得别有一具身体发肤可以自用；把父母的还给父母，从此还我自由，飘然远举？《封神》的作者，创造出“莲花化身”的故事，恐怕就是深有感于孝道的残酷的。

传统思想深中人心，孝道观念尤为历来的“圣君贤相”所支持；学士大夫，偶有对于孝道有不敬之处，如孔融、稽康等人，都因之而罹杀身之祸。无权无勇的文人，乃不能不托之于荒谬的神话，用心亦可谓苦矣！

一九四二年十月二十日 重庆

【选自聂绀弩著《血书》群益出版社一九四九年版】

智人的心算

二十年前，周作人作过一首诗：《智人的心算》。第三段说：

堵河是一件危险的事，
古来的圣人曾经说过了，
我也亲见间壁的老彼得被洪水冲去了。
但是我这回不会再被冲去，
我准定抄那老头儿的旧法子了。

“以古为鉴可知兴衰”，“前车之覆，后车之鉴”，都是愚人们说的；二十四史或者四十八史，也只有对于愚人们才有用；至于我们“智人”的心算，总是“我这回不会再被冲去”！于是桀纣之后有幽厉，怀愍之后有徽钦、秦始皇、尼罗之后有希特勒。而妲己、褒姒、吕雉、武、韦也史不绝书。

据说，严嵩父子被抄家时，有黄金三万两，白银二百余两；刘瑾被抄家时，有银七千万两；魏忠贤被抄家时有银三千万两；和坤的家财更巨。现在讨厌的时代过去了，抄家法早已废除，家财万万贯，都可高枕无忧；也决没有人傻到把黄金白银成块成堆地摆在家里，等候抄没，自从有了外国银行以后，自从战时物资可以屯积之后。当然，“我这回不会再被冲去!”

然而周作人先生自己就是“智人”。从来背叛民族国家的，似乎很少有较好的下场，至少，也没有较好的声誉。秦桧、吴三桂、马士英、阮大铖这些大好老且不必说，就是钱谦益、吴伟业之类的词臣，在历史上留下的尊容，也只有那么漂亮。这点点粗浅的道理，博学多闻的岂明老人岂不明白？无奈他心里盘算：“我这回不会再被冲去!”

一九四四年

明末遗恨

“三百年来养士朝，
如何文武尽皆逃？
纲常留在卑田院，
乞丐羞存命一条。”

据说这是明亡时一个乞丐的绝命诗。第一句把有明一代的列祖列宗写得何等大恩大德！但连下面三句读，却只是一个尖刻的讽刺，真的养士朝，怎能得到这样的结果？

然而，这故事大概是好事者的随兴创作。若真有其事，只此一端，明朝就该亡：逃亡迎降者为文武，气节之士却沦为乞丐。

一九四四年

论申公豹

我们有一种错误的用语，过去谓之“以前”，未来谓之“以后”，过去的某一天谓之“前天”，未来的某一天谓之“后天”。就这用语说来，我们在时间上是面向着过去，背向着未来。而历史的行程，也是越走越趋向往古，“前进呀，时间！”叫得越凶，进得越快，就越接近“浑沌初开，乾坤始奠”的黄金时代。说中国现在或历来的复古思想，都由这些用语产生出来，自然是笑话，但从复古现象联想到这些用语，想到他们彼此竟如此巧合，有时不免深为诧怪。

《封神演义》上有一个申公豹，在殷纣没落、西周兴起的时候，因为自己没得到“封神”的使命，心怀嫉妒，在路上与奉得了使命的姜子牙为难。不料碰到南极仙翁，没有难着别人，反把自己的脑袋弄得扭转向后了。从这时候起，他就到三山五岳去访寻道友，来阻碍姜子牙所统率的西周义师。大势所趋，那些道友除了用自己的血染污了历史的车轮以外，不过苟延了殷纣的若干时日。不必提它。有趣的是申公豹先生自己的尊范，他的头是向后的，以背为胸，以后为前，眼睛和脚趾各朝着相反的方向，他永远不能前进，一开步就是后退。或者说，永远不能瞻望未来，看见的总是过去。这副尊范，配上他的勋业，内容形式，精神肉体，倒是统一得很。

肉体的申公豹，只是幻想中的人物，实际上不会有的吧。但精神的申公豹却随时都有。对于这样的人，千万莫劝他前进，纵然他永远躺在床上，也莫劝他起来走。因为，他一走纵然他主观上以为是在前进，客观上却越是退到后面去了。

一九四五年五月一日 重庆

【选自聂绀弩著《二鸦杂文》香港求实出版社一九四九年版】

阔人礼赞

有这样一种人，自以为天生下来就是统治这世界的，享受别人的辛勤的成果的。自以为自己坐着比别人站着都高出一个头。他看他左右的人如人之看狗，看一般人如站在阿尔卑斯山看地上的蚂蚁群。他看不惯别人直着腰站在他面前，听不惯别人说一句没有阿谀意味的话。他没有一个朋友，更没有父兄或师长之类，如果有那些人，也必须如刘邦的爸爸拥着笤帚跪在门口接刘邦一样地对待他。他自然不屑看一个人，也不屑跟一个人讲话。假如什么时候，你以为他在垂青你，那一定是他在望站在你前面的什么人；而真跟你讲话的时候，你反而以为他跟站在后面的谁讲话。而且他似乎真不会讲话，倒只会用鼻子哼哼的。“这样办好不好呢?”“哼哼!”“那件事应该怎样办呢?”“哼哼!”他没有意见，如其有，那就是：“你是什么东西?”即那哼哼所表示的。万一他讲起话来，那就世界上只能有他一个人的声音。极低声的微语，也能压倒一切的喧哗，别人如果也可以发声，恐怕只是“是是”和鼓掌而已。

假如有人在和他们做朋友，那是一件不幸的事。人们以为你总会在巴结他，他决不会巴结你，总会以为你甘愿做他的走狗什么的，决不会以为他会做你的。你偶然有几个钱用或是找到了一碗饭吃，别人会马上想到是你的阔朋友的赏赐和提拔；他无论怎样挥霍，无论升到怎样高的官，决不会有人误会是出于你的力量。纵然也有时会给你几个钱，而你又肯要，那算什么呢？在他不是九牛一毛，太仓一粟么？别人看见了，一定说，他真慷慨啊，真疏财仗义啊，真肯接济朋友啊！连他，甚至连你自己，都以为你应该含着眼泪感激他，以后还要粉身碎骨、结草衔环来报答他。至于你，无论对他尽过什么力，用了多少心计，绞过多少脑汁，别人、他、你自己，都以为这是应该，都不会以为你的心血是什么尊贵的东西。他可以拍你的肩，亲昵地说：“朋友啊！”你就有感觉得飘飘然的义务；你却无论什么时候，不能在他身上任何地方动一下，甚至于是替他拂掉背后的灰尘。他可以说：某人，替我到某处去做一件什么事；可是即使顺便，你也不能请他替你丢一封信到邮筒里。在人面前，你和他站在一块儿或者一同赶路，纵然你有衣敝缊袍与衣狐貉者立，毫不自惭形秽的素养；可是你怎能担保他呢？他也许正在嫌你这位叫化子似的家伙损了他的尊严。

他的圆圆的面孔上有一层红润的宝光，那宝光使他显得高贵而且漂亮。那是营养好，生活舒适，不大操心人的标志，也是阔人的标志。有人说："劳心者治人，劳力者治于人。"那是不确的。治人者或者多半有那种宝光，但劳心者却没有。只有不劳心自然也不劳力的治人者，才那么容光焕发。一天天地发胖，一天天地体量增加，使他自以为是越过越强健了。有时候，露出滚圆的膀子给清客们看："我的体格怎样?"必然全听到别人重复一道"夫健全之精神，必寓于健全之身体；非常之事业，恒赖于非常之体魄"之类的高论。

他走路的时候，一定是挺起胸，抬起头，扬起眼睛，膀子向两边分得很开，大摇大摆，气焰万丈。即使是他独自一人，没有人在前面替他鸣锣开道，他的面前无论有多少人，无论那些人正在做什么；即使没有一个人知道他是何许人也，也自自然然会闪出一条巷子让他走过去。像长坂坡的曹兵看见怀里绷着阿斗太子，一手持枪，一手仗剑，骑在马上，犹如生龙活虎的常山赵子龙来了一样。他不会用两只脚走路，而是用许多脚："某人来了!"听到这话的时候，如果你不看，你会以为他是一条蜈蚣，因为至少有几十双皮鞋同时在响。如果你看，又会以为他是笤帚星，因为他拖着几丈长的越远越大的尾巴——他的跟班们。而精神上他也决不止是一个人；比如说，坐席自然独霸一方；坐火车、极落魄的时候也要翘起腿来占住两三个人的位子，如果不是一整个车厢，两头还用人把住门，使得查票员不敢打那里经过。看戏，就得一个包厢，甚至一个院子，假如不是一条街。办公，更不用说，谁也不能估计究竟该有多少机关才能使他尽量发挥他的天才。顺理成章：他的公馆足足可以驻扎一个集团军，纵然那里面没有一个吃空额的军官。他每顿可以吞下够一万个人吃而有余的大菜。他的太太或者说王后王妃，谁也不容易知道确数，而随便“来往”一下的“夫人”“小姐”当然不在其内。死了更要造一座比房子更大的坟和足以开几个银行的殉葬品；遗憾的是不能把地球装进棺材里去。

越接近死的人，越想在地球上站牢——总在为自己霸住这地球打算；越是作恶多端的人越是关心自己的名誉——总在为自己生前身后的名誉打算。他们把自己的相片印出许许多多，借着某种力量，散布到全国乃至全世界。他们雇用会写字的穷人替他们在新建筑物上，名胜古迹的地方，乃至商店的招牌上，写上许多字，却落他们的款。那些字常常是刻在石头上的，可以流传到很久，以便多少年之后，真实情形日渐湮没，后人会惊服那时代的伟大人物同时还是出类拔萃的书法家。此外还请许多文人替他们著书立说，印成许多《×××言论集》《×××著作集》《×××全集》，里面包括对于文化、历史、科学、哲学、艺术、社会、政治、军事各种各样的可贵的意见。使人一见就会叹服他是天生的圣哲。至于那些替他写字著书的人呢？纵然当时能多少得到一点什么好处，时间一过，他们的姓字就与草木同腐了。

几乎每一个阔人家里都有万民伞，上面写着“爱民如子”之类的词句。到处都有官老爷们的德政碑，有的甚至有他的生祠。只要翻翻他们的家谱、墓志，他们每个人都是天下第一，古今无双的民之父母。可是这样好的民之父母，却在故乡乃至官地置下了阡陌连绵的田庄，建起了雕梁画柱的府第，娶进了许多千娇百媚如花似玉的如夫人，生出了一支支军队一样浩荡的公子和小姐。好像这些真是天相善人，特别从天上掉下来给他们的，与他们的子民毫无关系。他们的公子们叨他们的光，分据着朝内外的要津。小姐们也都无端嫁得金龟婿，间接与闻着朝政，这时候有不知趣的人出来说：“某公某公并非真是那么好的呵！”他们的公子们会饶你么？那些小姐会让她们的乘龙快婿饶你么？俗语说：“君子之泽，五世而斩。”五代以后，谁都对于一两百年前的事模模糊糊，门生故旧们修的国史，记的野乘，以及国史野乘所取给的资材，万民伞、德政碑、祠堂记、墓志铭之类一齐都变成信史。

这世界就是这种阔人的世界；过去是他们的列祖列宗的，将来自然是他的龙子龙孙的。这是几千年封建制度的成果，世界上一天有这种阔人，就一天没有民主。

一九四五年十月十日

【选自聂绀弩著《血书》群益出版社一九四九年版】

论“青天大老爷”

宋朝的包拯，本是个正颜立朝，不苟色笑的古板的家伙，据说，人们把他的笑比之为黄河清。大概就是因为这吧，留下一些传说，演变成小说和戏剧上的上管君，下管民，日管阳，夜管阴，专破无头公案，每到一个地面，都要放牌招告，替小民们伸冤雪恨的包公，包大人了。过去的小民们很容易有朦胧的幻想，希望出真命天子，否则出青天大老爷，从这朴质的想法中透露着一点可悲的消息：他们在现状之下活不下去了！而更可悲的是，愚民们的幻想常常为野心家所利用，其一是说：“真命天子出世了！”利用他们的生命替“真命天子”打天下；其次是说：“某某就是青天大老爷”，利用他们的口碑替“青天大老爷”造地位。口说不为凭，还要用文字宣传出去，这才“有书为证”。《说唐》《云合奇踪》之类，就是宣传真命天子的；《包公案》《七侠五义》之类，就是宣传青天大老爷的。不过有时也不容易弄清楚那些作者究竟是因为自己也愚蠢，所以写下了那样的书；还是跟我一样，吃了“盐水鸭子”，“奉命”写的？岂仅如此；就是那些野心家，我有时候也很不明白：究竟他们是完全利用呢？还是真以为自己是那种人物呢？

今天，要人们懂得“真命天子”之类，全部都是鬼话，大概还不太难；至于说“青天大老爷”，也不过同样的子虚乌有，恐怕不那么容易，人们的头脑笼统，以为无论什么知识，都可以由一个人具备。同时，封建的、君主专制的、官僚主义思想深中人心，形成一种阔人崇拜的心理，以为阔人就是具备一切知识的大知识者，以为阔人真是替人民伸冤的。而阔人也以为自己应该如此，自信为已经如此，至少不能不装作如此。多少阔人本来是拿枪杆子的，一旦阔了就干预政治，把持政权。文化、教育、法律、思想，无不过问，好像他真是天文地理、诸子百家、三教九流、诗词歌赋无所不知，无所不晓。十八般武艺，是他的本行，更不必提。读了几本《包公案》之类的书，或者还不过听了几段那类的故事，就以为或者装做自己比学过法律的法官还要高明，以为中国法律审讯之类的事是可以不学而能的，不能不说是荒谬绝伦；好在中国本不是法治国，法律本不尊严，所以他就成为“青天大老爷”了。

在“劳心者治人，劳力者治于人”的社会；

在治人与治于人的利害并不一致的社会；在钱可通神，有钱就可以买到一切的社会；在大思想家庄周先生宣称过“不贱贪污”，孟轲先生又说“仕”可以“有时为贫”，孔子则“从大夫之后”就不可“徒行”的社会；在做官要技术，清正也是做官的技术，也可以用技术完成的社会；在不但有官，并且有正绅硕儒（一作土豪劣绅）容易接近官，能替小民说话，又能在地方上“排难解纷”或“武断乡曲”，小民对于官府则天高皇帝远的社会，怎么有青天大老爷？纵然一两个人有这种志愿，又怎能办得到呢？当然，书上有，比如《循吏传》之类，就屡见于历史书，而《包公案》之外，也还有施公案彭公案什么的。但那些书是谁写的呢？小民呢？士大夫呢？用谁的观点写的呢？小民的呢？还是士大夫的呢？“尽信书则不如无书”，已经是几千年的老话了。

对于青天大老爷的怀疑，在作者中，我只碰见写《老残游记》的刘铁云一个。他把不受贿赂的玉贤大人写成的一付刚愎暴戾的面孔，自然也有些夸张的吧，我却以为颇近真实。玉贤即毓贤，是实有人物，在别的记载上那面目和刘氏所写的也并无冲突处。我也时常有一种怪想：贪官有时未必于民有害。赶紧声明，我不是说简直于民无害，不过说“有时未必”而已。我是文字国的小民，懂得一点文字国的国情，假如文字官真是公事公办，一丝不苟，恐怕早就没有一些民办的刊物，也没有民间的作者了。幸而并不这样严厉，请请客，送送节礼，言语拿顺点，可能得到些微的方便，我们有时也就利赖那一点方便而说点吞吞吐吐的话。文字国的情形是这样，旁的领域恐怕也大同小异吧。不要钱的官未必是好官，正如《老残游记》所写：我更疑心明察的官也未必是好官。不是说太明察，就危险，像什么人能在市中指出盗贼来，终为盗所杀，想向官老爷进举明哲保身之道；我只说官民的道理往往不同，照韩非的见解，连夷齐孔孟都在可杀之列，因为他们标新立异，著书立说，使小民相信他们，而危及执政者的威信，不容易治理。那么明察的官，能够指出谁是夷齐孔孟，小民也就无路可走，何况别的呢？

旧戏中有些是讨厌的东西，从形式到内容，都封建之至。但有些也颇能给人以启示，比如青天大老爷包公上场，常常先有张龙赵虎张牙舞爪，像生龙活虎一般。如果正抬着龙头铡、虎头铡之类，就更是威风凛凛，杀气腾腾。那些铡自然是铡罪犯的，但有时也不问青红皂白，先把人放到那铡口去试试，以吓吓那告状的小民，用意大概是使他不敢诬告。一到这种时候，这就浑身起鸡皮疙瘩，好像是真的，好像那把头伸到铡口之下的就是我自己。我想，幸而我不生在包大人时代，幸而我也没有冤屈，否则看过这种情形，就宁可被枉死也不愿喊冤！至于包公自己，乌纱黑蟒，黑脸黑须，十足地表现出为黑凛凛的一条大汉。熟悉脸谱的人说：黑色是表威猛的，我却以为不过是漆黑一团，而这漆黑一团也许正是青天大老爷的本质。

去年某月，某要人曾在北平出榜招告；前些时又在长春叫人民申诉疾苦，颇有“青天大老爷”风味，因感而作是篇。虽然也知道有些人除了装模作样以外，决作不出什么像样的事来。

一九四六年一月七日 重庆

【选自聂绀弩著《血书》群益出版社一九四九年版】

论发脾气

听说世俗所谓的大人物中，竟有动辄发脾气的；拍桌子、摔茶碗、骂人、打人，诸如此类。发脾气的时候面红耳赤、气促心跳，不但自已吃亏，样子也难看。大人物是要装得有威可畏，有仪可象的。竟肯以难看的样子示人，而自损其尊严，其中必有不得已者在。什么不得已呢？曰：生活上有不如意的地方。

人生活在社会里面，社会既存制度，是一种使有些人的生活如意，而另外一些人不如意的东西。就现制度说，如果是官，是上司，是老板，是地主，是师傅，是丈夫，是嫖客，是太太，就比较如意；是百姓，是兵士，是下属，是伙计，是工友，是佃户，是徒弟，是欠债的，是妻子，是娼妓，是丫头老妈子，就大不如意。生活上既大不如意，容易动肝火，有发泄的机会就发泄，是不足为奇的。比如“林教头风雪山神庙”，本以为时乖运舛，为天地所不容；及至听见陆谦和富安的谈话，原来是这两位仁兄在谋害，怎叫他不怒从心上起，恶向胆边生呢？武都头满腹含冤，无可申诉，一听见张都监和张团练的谈话，原来所谓冤者，正是这两位恩公的诡计，又怎叫他不三尸神暴跳，七窍生烟呢？

但，大人物在现制度下：应该是属于如意的一方面，为什么也发脾气呢？那是因为不如意的人发了脾气的缘故。不如意的人既然发了脾气，就对于现状不能不有或多或少的危险；促成社会的或多或少的变动。他们是不如意的，也就是贫困的、劳苦的、卑贱的、被侮辱与被损害的；当然希望这变动，乐意这变动，一变动，他们的生活就说不定有多少改善的可能。大人物和他们相反，他是如意的，即在现状之下，是富有的、安逸的、高贵的、被尊崇与被供奉的；当然不希望变动，一变动，自己的生活就会改恶。纵然是大人物吧，要社会完全照自己的意思，一成不变，也难以办到，因为社会上真有人的生活不如意，而那些人又出奇地多；真有人在那里发障气，而脾气又发得出奇地大。如果仍照自己的主观要求，以不变应万变，以少变应多变，以缓变应急变，以假变应真变，那就自己倒很容易变成日暮途穷，倒行逆施，天下不如意事十常八九，不知是世界跟他开玩笑，还是他跟世界开玩笑。这是大人物之所以有脾气的根本原因。

凡发脾气，必定有对象，对象必定是人；如果对自己发，对草木鸟兽，什物用具发，那只能算是发脾气的变种，不能列为正宗。同时，凡发脾气，必定是被发的对象哑口无言，或者连声谢罪。否则就是两人吵嘴、打架，而不能叫做某人发脾气了。如果这样，那就有许多人虽有脾气，也不一定有发的机会，百姓不能对老爷发，兵士不能对官长发，下属不能对上司发，伙计、工友之类不能对老扳发，佃户不能对地主发，徒弟不能对师傅发，欠债的不能对债主发，妻子，尤其是下层社会的，不能对丈夫发，娼妓不能对嫖客乃至鸨母发，丫头老妈子不能对太太发，那些人多是直接蹂躏他们，使他们的生活不如意的，也就是正应该对之发脾气的，可是他们不能发，一发，生活就会变得更不如意，甚至不能生活。岂但不能对那些人发，有的恐怕就根本更无别人可发。但这只就一般而论，林教头，武都头就都发过脾气，而且一发不可收拾的。

百姓，士兵们不能对官老爷们发脾气；反过来说，官老爷们却可以对百姓士兵们发，岂但可发，并且正是发的好对象。一边是“一朝权在手，便把令来行”，一边是“不怕官，只怕管”，一物降一物，什么人对什么人发脾气，什么人被什么人发，按部就班，毫不假借。但这决非有了脾气，幸而有对象可发；倒是先有了可发的对象，这才产生适应那对象的脾气。没有百姓，他就不是官；没有士兵，他就不是官长；没有下属，他就不是上司，没有伙计，工友，佃户，徒弟……他就不是老板，地主，师傅……，不是那种人，就不会有那种脾气，要发也就无从发起。过去的社会，君对于臣，主对于仆，都是绝对的权威。君主不把臣仆当作和自己同等的人看待；臣仆也不敢自谓与君主同等。于是一面养成了君主的骄纵，一面也养成了臣仆的忍耐。三十几年来，政制有了若干改变，社会也有若干改变，但有些人，尤其是大人物之类，如前所述，本是不愿意改变的，他们的观念，也就真正毫不客气地没有改变。总还以为官是民之父母，某种地位，是古之帝王。自己成了帝王就要发帝王脾气；没有成为帝王，就忍受别人的帝王脾气，而对自己的下属发上司脾气。昨天还在忍受别人的帝王脾气，今天就可对别人发帝王脾气；昨天还在对别人发帝王脾气，今天也可忍受别人的帝王脾气。在君主行乎君主，在臣仆行乎臣仆，他们倒是两者都能适应的。加之社会既在变动，不如意的事本多，要拍桌、摔碗、打人、骂人或者看别人拍桌、摔碗、被打、被骂之类的事，就传到我们小百姓的耳朵里来了。

从大人物常发脾气这事看来，莫非咱们这时代真要向前跨一步了么？

一九四六年一月八日

【选自聂绀弩著《血书》群益出版社一九四九年版】

乡下人的风趣

抗战前一年，我同一个朋友到S省的某处去，碰到一个非常有趣的乡下人，谈过一些非常奇怪的话，要不是亲耳听见，决不会相信有那样的人，谈那样的话的。我们是在离大路不远的一个池塘边碰见他的，他正在一个人车水。起初，我们是向他问路，看见他谈话的样子有趣，就爽兴在那儿歇脚，和他攀谈起来。他起初也不大多讲话，后来看见我们不想走，或者也觉得很有趣，也就随便谈起来了。

“客人，”他问，“你们从什么地方来的?”

“南京。”我答。

“从南京?”他发出像被蛇咬了一口似的声音，“你们从南京? 你们是官呗?”

“不是!”我看他似乎不喜欢官，连忙补充，“我们是做小生意的。”

我们本不是官，但也不是做生意的；怕他不懂得什么叫做写文章，只好撒一个并无恶意的谎。

“怎么? 南京也有做小生意的? 人家讲那里

尽是官啊?”

我们给他解释，说南京有做生意的，做手艺的，赶零工的……但他似乎不大理睬。

“你们看见过官?”

“当然看见过。”

“很大很大的官都看见过?”他用两手向两边张开，像围一棵合抱不交的大树似的比拟，仿佛说：这么大！这么大！“那一定是很好看的呗。听说官都胖得很，重得很，越大的就越胖，胖得走都走不动，要人抬，顶大的官要上百的人抬！怎会不胖呢？他们吃得好呵！听说王爷侯爷们的金銮宝殿上，左边是炸油条的，右边是炕烧饼的。他们一下子到这边吃根油条，一下子又到那边吃个烧饼，滚烫的，一个铜子也用不着花!”

“哈哈!”我和朋友都不等他说完，就忍不住大笑起来。想不到的趣话呀！但我不知道他是真那样相信呢，还是故意装疯卖傻，逗我们好玩?乡下人也有乡下人的风趣，逗起城里人来，也不下城里人之逗乡下人的。

“他们天天杀人呗?”他看见他的话引得我们乐了，分外得意，自己也含着傻笑另外起头说。

“不!”朋友说，“杀人是有季候的，总是秋天。”朋友大概也要逗他了，故意把过去了的“秋后处决”的话拿出来说。这句话却引起了他的更离奇的趣话：

“他们讨小也要等到秋天?”

“杀人跟讨小有什么关系呢?”我不懂，朋友也不懂。

“噫!”他诧异，“住在南京还不晓得?不是把人杀了，把人的老婆娶过去做小么?咱们就为这，死也不敢到那里去!”

“完全谣言!”我说。朋友也附和。

“谣言?咱们问你，他们是不是都有小?”

“也有没有的。”

“有的有多少呢?”

“一个两个。还能有多少呢?”

“别哄咱们，咱们什么都知道，几百上千的都有，如果不是杀人，占人家的老婆，那么多的小从哪里来呢?”

“不对!”我说，“杀人是杀人，讨小是讨小。讨小是用合法的手续从别处娶来的，并非占的被杀掉了的犯人的老婆。”

“谁会相信呢?天生一个男的，就配上一个女的。要不杀掉一些男的，怎有那多女的不肯嫁给人家做老婆，倒肯嫁给人家做三大小，四大小，百大小，千大小呢?”

就是这样的一些怪话，几乎把我们的肚子都笑破了。

无论怎样给他解说，他都一点也不相信；后来把他的话重复给别人听，别人也不相信这回事是真的；除了以为他是开玩笑。但在当时，虽然有时也笑笑，他的样子确是一本正经的，莫非我们真地倒被他骗过了？他的样子有五十来岁，总不会傻到说那样的孩子话吧？

无论他是真那样相信，还是故意那么说；无论他说的话隔事实有多么远；后来我想，他对于官的看法，倒是非常本质的。对于官，比起一个乡下人来，我们实在看得太多，知道得太多，大概就因为太多吧，反而被一些现象所迷惑住了。如果仔细想想，不但只像他说的那样，即使有人更夸张，说官（大官）是以人血为酒，人肉为肴，靠吃人过日子的，我也愿意替他作证，他的话没有错！

一九四六年七月七日 重庆

【选自聂绀弩著《血书》群益出版社一九四九年版】

古时候的公务员

偶然在朋友的案上看见《左传》，拿起来一翻，是晏婴和羊舌肸的谈话，不觉有些感触，恰巧是一种附有语译的本子，就把那对话抄下了：

叔向（羊舌肸）道："齐国的情形怎样?"

晏子道："此刻已是末世了。我不知道旁的，只知道齐国将来一定要变成陈家的，公家抛弃自己的人民，把他们送给陈家。齐国从前的量器共分四等：豆、区、釜、锺；四升一豆，四豆一区，四区一釜，十釜一锺；陈家的器量只分三等，都比旧的加上一成，锺就大了。他用私家的量器借粮食出去，用公家的量器收回来。山上的树木到市上去卖，价钱跟山上的一样：鱼，虾，蜃，蛤的价钱跟海边的一样。倘把民力分成三份，倒有两份是归公家的，自己的衣食，只靠剩下的一份。公家仓库的东西烂的烂，蛀的蛀，人民中的三老却冻饿着；全国的市上，鞋子贱，斩过脚用的撑棒反而贵。人民痛苦到这样程度，有人慰问他一下，怎叫他们不爱之如父母，归之如流水呢？……"

叔向道："是的，就是我们公家（晋）现在也是末世了，兵马不能征伐，诸卿不到军队里去，公家的车马无人照料，军队无人统率。人民穷困，住在宫里的贵人们却越加奢侈。路上有的是饿死的人，而妇女的装饰，更加过分。人民听见公家的命令来了，就赶快逃避，像听见仇敌来了一样。……"

晏子问道："你打算怎样办呢？"

叔向道："晋国的公族已经快完了。……我的同宗共有十一族，现在只剩下羊舌一家。我没有好儿子，公家又没有好法度，能够善终就够了，还想后代祭祀么？"

不多的几段文章，就把古时代的公务员们的灵魂都刻画出来了：对现状是不满的，可是自己决不起来改正；政局的趋向了如指掌，却又食君禄，报皇恩，决不投身到另外的方向去；前途明知暗淡得很，却又希望混过自己的一生！患得患失，贪生怕死，成天地战战兢兢，如临深渊，如履薄冰。并且从这心理产生出一种明哲保身，少管闲事，多一事不如少一事，做一日和尚撞一日钟，各人自扫门前雪……的处世哲学来。一到了这种程度，所谓公务员实已无异精神的太监，无论出入于怎样的深宫内禁，都斯不足畏也已；对于人民、民族、国家，纵然不会作出什么积极的恶，要能有什么贡献，也是戛戛乎其难哉了。晏子是和管仲并称的大人物，现在既是齐相，是要人了；叔向也是有名的智者。他们的预见也实在不错，齐国后来归陈家所有，晋国也终于被韩赵魏三国分了。他们尚且如此，次一等的，还有什么可谈呢？

但他们却是有识见，有良心，高明的好公务员，并不糊涂得自以为处于太平盛世，没有借公家的既有势力翦除异己的力量与残害趋向别的力量的人民，也没有看见大势去矣，就趁火打劫地搜刮一笔民脂民膏，逃到外国养老去。但他们的清廉未必是他们的君主所喜悦的。君主需要臣仆的忠荩，远过于需要他的良心与智慧；尤其是当政权走着下坡路的时候，智慧能看出政权的破绽，良心又使他们不肯逢迎君主的贪欲，他们的忠荩都多少要打点折扣。于是愚蠢的，善于逢迎的，甚至能作出积极的恶来的臣仆就得宠了。那恶，如果是为公，就是忠荩的表现；如果是私，就“是个垃圾成个堆”，已经站在自己这一面，再没有资格冒充好人来反对自己，也就正是忠荩的开端。这种人得宠，另一面一定高明的好公务员失势，政权的下坡路就更为险峻。一这样，好公务员就更其战战兢兢，少管闲事；他们战战兢兢，少管闲事，得宠的人就更为猖獗，政权的下坡路就简直像悬崖峭壁一样了。也许他们还能有最后精彩的表演：“殷有三仁焉，微子去之，箕子为之奴，比干谏而死”，然而一则无补于实际，殷的结果，大家已经知道了；二则和“明哲保身”的哲学冲突；至少，“比干谏而死”，不能算“善终”。“去之”，自然较好，不但微子，连宫之奇，百里奚都曾做过，只要不整车整船家私带着走，也不失为干净人物。但，倘没有家私，生活的依据就成为可留恋的；而改变养尊处优，颐指气使的生活习惯，也不是普通人所能受得了。曹刿说“肉食者鄙”，鄙就鄙在这点上；用陶潜的话说，就叫做：“心为形役”。

末了，多余地申明一下：这里的公务员，都是指的达官贵人，与书记，录事，雇员之类的赶工朋友无干。因为赶工朋友的尊容，别有描绘，见《诗经·国风·北门》篇：

出自北门，忧心殷殷。终窭且贫，莫知我艰。已焉哉！天实为之，谓之何哉？

王事适我，政事一埤益我。我入自外，室人交遍谪我。已焉哉！天实为之，谓之何哉？

王事敦我，政事一埤遗我。我入自外，室人交遍摧我。已焉哉！天实为之，谓之何哉？

一九四六年九月三十日 重庆

【选自聂绀弩著《血书》群益出版社一九四九年版】

论拍马

有一种会做官的人，到上司那里去的时候，常常是准备好了上，中，下三种书面的对策的。

忘记了是商鞅还是范雎说秦王，曾先说尧舜之道，再说汤武之道，两者都说不进去，才改说桓文之道。如今的老爷们可不这么麻烦，先窥探一下上司的口气，完全不谈那隔得较远的两策，只献出和上司意见相近的一策，使上司以为你只有一策，这一策又和自己的如此地“英雄所见”，而大加激赏。西装，中山装，都口袋多，很便于策士；记好：上策放在左边上面口袋里，中策放在右边下面口袋里，下策常常是被采纳的，尤其要记清楚，里面左边的口袋！这样才不会临时手忙脚乱，弄得牛头不对马嘴。西装，中山装的样式，都是来路货，莫非外国的老爷们也这样办；发明这种衣服式样的莫非就是策士自己？

有策而又献得上，当然是一些优秀而又幸运的人物。但官场中，大多数却是根本无策或有而献不上去的。平凡的老爷们用什么在官场里混，而且混得很不错，不幸的老爷们又怎样变得幸运了的呢？庄子曰："盗亦有道。"准此以推，当然官亦有法。孔子曰："事君敬礼，民以为谄也！"说穿了简单得很，就是那个"谄"字，今语谓之拍马屁！有策的人用三策拍马屁，无策的人就少不了设法打洞，别种方法拍马屁。

拍马屁决不是一件容易事，不是空口说白话地喊几声"万岁"或"伟大的主上"就算得了数的；除了聪明才智会窥探"上头"的意向，还非要有具体表现不可；而那表现有时简直非常血腥，和你的骨肉相连，肢体相连，人性人格相连。不能牺牲这些，就不算真正拍了马屁，也就未必能真正得到"知遇"！历史上有会拍马屁的人，都是些毅然决然的大勇者：易牙蒸儿子给主子吃，乐羊子自己吃儿子的肉羹，吴起杀妻，吕不韦用妻妾施美人计，竖刁阉割自己，弥子瑕、董贤化男为女，以妾妇之道事君……《二十年目睹之怪现状》里有一位苟观察，听说制台大人的宠妾去世了，他却正有一个绝色寡媳，两老夫妇就跪在地下劝她改嫁给制台作如夫人；寡媳不肯，乃暗中让她吃进一些春药，使她心痒难搔，不得不答应。人同此心，心同此理，这些英雄豪杰，岂不知父子之恩，夫妇之爱，人性人格之可尊又可贵？无奈要顾全这些，就没有人给官做，纵有也做不久，做不大；在官言官，也就不得不如此了！

有一种书，叫做《人怎样变成巨人?》著者是苏联人，说的是苏联事，至于咱们贵国，如果你曾耳闻目睹过一些官场现形记，就该明白：人怎样变成非人！我的意思是说，人，只要想做官，在官场里混，还要想尽方法混得不错，那就很容易变成非人的，像上引的易牙乃至苟观察们一样。不过这一种现象，大概立刻要结束了。

一九四六年十一月二日 重庆

林冲杨志合论

天冷了，窗外细雨霏微，窗纸叫风吹得飒飒地响。屋子里，在白天，开开电灯，也不很亮。闷人的天气呵！看报，报上说：曾经露宿在精神堡垒的失业军官，现在又露宿在关庙了！

对于军官，恕我直说，除了在抗战中的心情以外，一向就没有什么好感。他们对于打仗有没有本事，八年抗战已经用人民的血、士兵的血，给证明了；打仗以外，更不用谈。知识、思想、学术，都与他们无缘。“以服从为天职”，“头脑越简单越好”之类的话，在我还是军官的时候，不知听过多少。头脑简单，就安于头脑简单好了，可是不，一等地位高起来了的时候，就干政，从而干法、干教、干文、干财、干商，以至无所不干。刚才还在以头脑简单自豪的天之骄子，曾几何时，就一变而为全知全能的上帝了！中国的政治不上轨道，司法不能澄清，教育、文化、财政、商业……一塌糊涂，这都不是偶然的，因为它们要受简单头脑的干预，要适应简单头脑！军官们常有一种特殊的美德：顽强、执拗；你说我不懂文化，我偏要管文化！你说我不懂法律，我偏要问法律！无论什么，他一“偏要”，就怎么说都不行。这一点，他们具备着大无畏的武士道精神！加以过惯了军队生活，看惯了操场和战场，干政的时候，就不期而然地把一切人都当作士兵，要他们无条件地整齐、划一、服从；以为思想之类，也像军衣军帽一样，可以用命令齐一的。别的一切更无不如此。只要一天有军官干政，军官当权的现象存在，什么政治民主，思想民主，也许不是绝不可能；但是，唉唉！未免太难了——这是我对军官不怀好感的理由。

至于失业军官，自然又当别论，也许他们不久就会就业，就业之后，地位也会高起来，一变而为全知全能的上帝，但今天，他们总在失业之中，总又当别论。

今天，内战或“内乱”的烽烟弥漫全国，这儿那儿还在拉壮丁、征军粮，决不是解甲洗兵，英雄无用武之地的时候。而这一批军官，当别的军官带领强兵劲旅，美式装备，浩浩荡荡，杀奔“疆场”而去之际，竟集体失业了！这中间有没有什么文章呢？我想不会没有！他们中间有思想不稳的吧？有妖言惑众的吧？有目无长官的吧？有桀傲不驯的吧？……又共同地没有亲眷、戚族、义父、老师、同乡、同学、同派、同系正高据要津，以相援引吧？那么，这些都可以使人失业的。思想之类的严重问题姑且不谈，一个军官，如果毫无凭借，又不会钻营吹拍，想安份守己地一步一步地上升或永保住原来的职位，在中国，似乎历来就不是一件容易事。“冯唐易老，李广难封”，就是老早的故事。《水浒》上有两位好汉：林冲和杨志，就都是军官。林冲世系不详，杨志则明书为“四代将门之后”，即家喻户晓的杨令公父子的后代。他们都想凭自己的本领，祖宗的德荫，在边疆上，一刀一枪，博一个封妻荫子，也就是真正老牌的纯正思想，伟大志愿。但是千不该，万不该，林冲不该有一个漂亮的老婆，老婆不该让高衙内看见，高衙内又不该就是顶头上司高太尉的义子，林冲更不该不肯乖乖地把娘子献出！他就只好刺配，只好风雪山神庙，火烧草料场了。杨志没有那样的好老婆，可是运气不好，一回解花石纲失了事，二回解生辰纲又失了事！谁叫他不是蔡太师的女婿的呢？如果是，岂不是梁中书之外，又一个杨中书？又谁叫他不是蔡太师的“衙内”的呢？如果是，又岂不蔡九知府之外，又一个蔡十知府？这不是，那不是，只是替人家把一大批一大批惹人的金银财宝解来解去，怎会不“闪得洒家有家难奔，有国难投”呢？安份守己，尚且如此，路见不平，多管闲事的鲁达之流，就不问可知了。“后之视今，亦犹今之视昔”，今昔之间，相去不过时间而已。那么失业军官，仅仅失业，也许还是侥幸的。而且如果其他条件不变，就是偶然就业了，又能保持得几时？报上又曾载：他们要求“永久职业”，哦！想得多么天真！

一九四六年十一月二日 重庆

【选自聂绀弩著《血书》群益出版社一九四九年版】

从《击壤歌》扯到《封神演义》

日出而作，
日入而息；
凿井而饮，
耕田而食，
帝力何有于我哉！

这歌，据说是唐尧时候一个什么老人击壤而唱的。一向解作：日子过得太舒服，连皇帝的恩德都忘记了；足见唐虞之世的郅治云云。这歌出于唐尧时代，未必可信，但也一定很早；如果不像注疏家们那样牵强，照文直解，就是一个老百姓说皇帝对于他没有什么好处。这样一来，咱们不可从这中间参详出一点别的什么？

对皇帝没有什么好感，自然连带地对于服侍皇帝的人，有时甚至是真正的政治家，都容易有不敬之意。孔子是“贤于尧舜远矣”的圣人，然而当时就有人说他“四体不勤，五谷不分，孰为夫子”！孔子自己也发过“事君敬礼，民以为谄也”的牢骚，足见老百姓对于咱们的圣人的态度。对于皇帝和服侍皇帝的人都不敬，恐怕就是对于整个政治都有不满的意图，而政治本身呢——请莫误会，这是指过去的。古代的君主专制时代的所谓政治，那实在也太难；太古的材料没有，《书经》，据说，有许多是假的；就是不假，也都是官老爷们写的歌功颂德的文章，不足为据；《诗经》上就有许多愤懑之声；春秋三传里所给咱们的印象：政况实在不怎样昌明。孔孟的书，更有许多直接的呵斥。专就《孟子》说吧：

孟子见梁襄王，出，语人曰：“望之不似人君，就之而不见所畏焉。”卒然问曰：“天下恶乎定？”

吾对曰：“定于一。”

“孰能一之？”

对曰：“不嗜杀人者能一之。”

仅仅不嗜杀人，就可以统一天下。战国时代，天下那么不统一，岂不就是说，那些秉政的诸侯们都是嗜杀人的么？

鲁欲使乐正子为政。

孟子曰：“吾闻之，喜而不寐。”

公孙丑曰：“乐正子强乎？”

曰：“否。”

“有知虑乎?”

曰:“否。“

“多闻识乎?”

曰:“否。”

“然则奚为喜而不寐?”

曰:“其为人也好善。”

“好善足乎?”

曰:“好善优于天下,而况鲁国乎?夫苟好善……”

仅仅一个好善的人有“为政”的机会,孟子就兴奋得失眠,岂不是因为当时的“为政”的官老爷们都不“好善”或且好恶么?

不知从什么时候起,民间就流传着一种包老爷的故事,几乎无人不知,无人不晓。我看过《包公案》,内容并不见佳,比之《彭公案》、《施公案》要减色得多。我也看过《七侠五义》,书是可的,可是精彩部分,却并不是写包公。其实就老百姓口中的“包老爷”说,也并没有什么,“为官清正”四字足以了之。清正不是为官的分所应为的事么?为官应该清正,不是老生常谈么?然而老百姓们津津乐道!后世的老百姓似乎比孔子时代的老百姓容易满足得多,只要有个清正的官就行了。说起来真教人不愉快,这又似乎是连一个清正的官都少有或甚至没有的反映。

有几部旧小说，《水浒》、《老残游记》、《官场现形记》、《二十年目睹之怪现状》，乃至部分的《金瓶梅》、《红楼梦》……我以为都是咱们中国的活的政治史，那君主专制时代的。尤其是《水浒》，写得最清楚：蔡京，高俅，童贯，三位大人物在上面一摆，教天下如何不乱呢？以前有人说《水浒》是“诲盗”的书，恐怕是实在的，因为读者往往同情强盗，还专门给他们造了一个术语：“逼上梁山！”不过，要没有诲盗的书，究竟应该先没有诲盗的人和事。

比《水浒》更进步的则有《封神演义》。它不是上面所说的活的政治史，当做史料看，简直毫无价值。但他却直接的诲逆，叫人别在什么水泊梁山替天行道：干脆把整个江山夺过来！并不把天下无道当作左丞右相们的胡作乱为，还带着一种更“危险”的思想：却以为根本是“当今皇上万岁万岁万万岁”混蛋（这书开头就写纣王，与《水浒》开头为高俅同一用意）。谁敢说当今皇帝是“无道昏君”？《封神演义》上的比干商容们都骂了不知多少次，谁敢说皇帝是狐狸精？《封神演义》却大书而特书；谁敢说替皇帝出力报效的忠臣义士们是禽兽？《封神演义》却只消一口“翻天印”就打出他们的原形来，不但过去，就是现在，恐怕也是一部包含着最危险的思想的书，真不懂为了什么缘故从来没有禁止过。

一九四七年五月六日 重庆

【选自聂绀弩著《血书》群益出版社一九四九年版】

再论申公豹

知道一种大变革要来，要献身于那变革。要凭自己的本事或才能，在那变革中起较大的作用，原也无可非难。变革也真不怕人有本事，有才能；本事越大，才能越大，它可能发生的作用就越大。但有本事，有才能的人，很容易有一种自骄自傲的心理：“当今之世，舍我其谁?”这句话从好的方面说，是志气，即事业的开端；从坏的方面说，是个人英雄主义，“老子天下第一!”自以为“老子天下第一”的人，一定看不起别人，另一面就是“你是什么东西”!

比如尼采，就是“老子天下第一”的人物。他的话是在拔地几千尺以上的高空说的；他觉得太阳如果没有照过他，太阳自己应该觉得厌倦；无论谁的吊桶放在他的井里，都会汲出满桶的珍宝；我何以如此智慧，我何以写出这么好的书！不胜其自我耽溺之情。我疑心他要像传说里的水仙一样，因为常到水边去赏玩自己的倩影，终于失足落水死了！把“你是什么东西”表现得最充分的，恐怕要算杜林。黑格尔算什么呢？达尔文算什么呢？马克思算什么？圣西门、傅立叶、欧文、拉萨尔，碰着谁就给谁一顿辱骂。或者有人说：尽管他们如此狂妄，只要他们真有才能，真有成就，岂不也无所谓么？但才能并非一切。才能的面前有两条路，一条通上帝，一条通魔鬼。才能一旦与“老子天下第一”、“你是什么东西”相结合，就无异贴了一张“姜太公在此，诸神回避”的条子，无论什么足以使它发荣滋长发扬光大的学问思想，都会无法撞进。上帝那边，于它就“此路不通”了。相反的，“水流湿，火就燥，云从龙，风从虎”，一切足以使他堕落，犯罪，作恶的东西，无不诱惑它，迁就它，奔赴它，与它合而为一，沆瀣一气，它的终极地一定是魔鬼的老家。所谓成就，不能离开真伪、善恶、是非、邪正而另有标准，即不能离开人群的祸福，历史的进退而另有标准。魔鬼的成就，我们决不认为是成就；成就越大，也不过越足以表示犯罪作恶的能力与程度的惊人而已。而且究竟有什么成就呢？杜林的理论全盘是错的。假如也有多少值得一提的地方，也不过从黑格尔或别的他所辱骂的人那里剽窃的，或与他们相同的。这算成就么？尼采是法西斯思想的祖师，是周知的了；最有名的格言：“到女人那里去，切莫忘记带鞭子。”这岂不是无知的男子，被贫穷劳苦压得喘不出气，无处发泄，只好恃横装醉，殴打自己的妻子的男子，实行了几千年或者更多的年代的普遍现象么？还有什么值得说的？说出来还算什么思想？在本来虐待妇女的社会传播虐待妇女的教义，要他们更虐待，有什么意思呢？如果这也是成就，这成就未免太“辉煌”了！

申公豹在那最初阶段，是不是也狂妄到尼采和杜林的那种程度，书上没有详细的描写。但他认为“斩将封神”的大业，应该由他去做，只有由他去做；像姜子牙那种碌碌无能之辈，是不配做，不能做的。这种心情已经有目共睹；至于路途阻拦，要姜子牙私相授受，把任务交给他，不然，就要各显身手，见个高低，拼个死活，态度的咄咄逼人，已经不是狂妄，而是凶恶了。有人怀疑既然申公豹的本事更大，他们的老师为什么一定要把《封神榜》交给姜子牙呢？现在明白了吧：凭这种行为，就不配担当什么伟大事业。他的为人，老师当是观之有素了。

一九四七年七月八日 香港

【选自聂绀弩著《二鸦杂文》香港求实出版社一九四九年版】

论怕老婆

一　问题的提起

孤陋寡闻得很！比如胡适吧，只知道他发表过“善未易明，理未易察”论，学生应“多做梦”论，“五四不是政治运动”论，“三无”论等等；岂知翻翻北平的报纸，他还发表过：“怕老婆的故事多，则容易民主”论！

据说（《北平日报》五月六日副刊），他曾对学生这样说过：

“一个国家，怕老婆的故事多，则容易民主；反之则否。德国文学极少怕老婆的故事，故不易民主；中国怕老婆的故事特多，故将来必能民主。”

这段话，自然是一种玩笑性质。作为大学校长的他，正如谈“五四”时所说：“认识了青年学生的力量”，自己又毫无办法，除了劝做梦和三无之外，就只好嬉皮笑脸油腔滑调地胡说一番，企图以玩笑来解消学生们对严肃工作的情绪了。但无论他自己怎样玩笑，学生们总是以严肃的心情听的。那么，他的话对不对，似乎也不妨检讨一下。同时，也不妨把一般的对于怕老婆问题的看法检讨一下。

二　怕老婆者怕老公之反常现象也

在过去，一个女人，在三从四德贤妻良母主义之类的教育或熏陶中长大，和一个陌不相识的人订婚，然后离开自己的父母兄弟姊妹，像关云长单刀赴会一样，像郭子仪单骑见回纥一样，像陈丽卿空手入白刃一样，嫁到一个陌生的人家，以别人的父母为父母，以别人的兄弟姊妹为兄弟姊妹，这空气首先就令人窒息。如果母家没有势力，随身没有妆奁，自己没有姿色，婚后没有儿女；往往上受公婆折磨，下受小姑刁唆，中受老公嫌弃，一家人站在一条线上与自己为敌，自己的父母兄弟不能帮助，乡党邻里不能干涉，无异陷身人间地狱，任有天大本事，也离不开，拔不出，摆不脱，丢不掉！这种场合，怕老公还来不及，怕老公一家人还来不及，怎谈得上使老公怕呢？

这种老婆，真所谓“滔滔者天下皆是也”。可是没有一个人指出：“她怕老公呀！”为什么呢？人们以为这现象是应当的、合理的、必然的、正常的。一个人经济权掌在自己手里，老婆关在自己家里，家里的父母兄弟姊妹，全是自己的人，体力比老婆壮，知识通常也比老婆高，活动范围比老婆大，如果还不能制服自己的老婆，那还是什么男子汉，大丈夫呢？老婆什么的，不教她有点怕惧，自由自在，无法无天，那还成什么世界呢？诗云：“刑于寡妻”（刑者刑也。即尼采所说的“鞭子”，物质的和精神的。旧解作型之借字，似非。今引尼采说订正）；子曰：“唯女子与小人为难养也”；尼采说：“到女人那里去，切莫忘记带鞭子！”这真是万众感佩的至理名言，难怪他会成为圣哲的！

女人的命运就这样被注定了。如果万一有靠了自己的智慧、才能、姿色、妆奁、母家的后援，加上翁姑的贤明，老公的良善，得到老公略假词色，稍给发言权，似乎就为天地所不容，神人所共嫉了，马上物议纷腾，不可终日。而且物议的战术巧妙之极，不直接向老婆进攻，历数老婆之罪；也不明说老公不该纵容老婆，却向老公用一种嘲笑的口吻，大惊小怪地说：“啊啊，你怕老婆呀！”或向别人说：“某某怕老婆呀！”好像怕老婆真是一件可耻可笑可悲可怜的事！阮玲玉说：“人言可畏！”舆论的威力，谁敢不怕？多少老公就因此而收回那词色和发言权，即使不立刻就拿起鞭子！“你为什么要这样呢？”“他们说我怕老婆呀！”

因此，怕老婆者，一般的即是怕老公的反常现象也。也许包括真怕老婆者在内，主要的只是指未叫老婆怕而已。而人们喜欢把这术语对于某一特定人物说来说去，用意盖在于叫他们夫妇之间，恢复怕老公的常态云。

三　怕老婆不一定是真怕老婆

何以说怕老婆这术语的涵义只是指未叫老婆怕呢?

第一，有以敬爱老婆为怕老婆的。人没有结婚，或结了婚老婆不过也算是老婆而已，那没有什么可说；否则，他应该明白，老婆实有各种各样的可敬爱之处。除了模样好，会撒娇弄痴的以外，有的德行好，能刻苦耐劳，毫无怨色，如孟光；有的有见解，能知人论事，如邓曼，无盐；有的有学问，能吟诗作赋，如蔡文姬，谢道韫，李易安；有的有眼力，先为老公的风尘知己，后又为贤内外助，如梁红玉；有的对于某一种学问有天才，有毅力，如居里夫人。……所有这些好处，可能一人而兼备几种，因为社交不公开，别人不得而知，可以信口雌黄："唯女子……"，"谋及妇人……"，做老公的却不能不知道，也就不能不敬爱。其实与怕无涉，但一般人谓之为怕。提到居里夫人，我想特别向居里先生表示一点敬意。我们常见老婆牺牲，完成老公；少见老公牺牲，完成老婆。最理想当然是各完成各的，互不妨害，互不牺牲。若在必须牺牲一边的场合，而老婆的才能又真在老公之上，成就会大得多，老公为什么不应该牺牲自己，完成老婆呢？因此，我觉得《居里夫人》影片中的居里，那种一切为完成老婆而努力的精神，着实可佩。

第二，有以失掉眠花宿柳，偷情纳宠的“自由”为怕老婆的。试举关于纳宠的二事为例：北周静帝后杀死了一个嬖人，帝愤而出走。群臣追返，他哭说：朕贵为天子，乃不自由如此！谢安要纳妾，老婆反对，他叫子侄们去劝，就是《礼》所容许的。老婆问：《礼》是谁作的？子侄们答：周公。她说：周公作的，当然如此；如果是周婆作的，一定不容许这样。千古传为笑谈。这也通常被认为怕老婆。对这种事，书上也有归咎于老婆的，说她“妒”，翻成口语，即好吃醋！关于这，还有几句话想说说：女人不是人，在母家是女儿，嫁后是老婆，有了儿女是母亲。旧说为三从，从父，从夫，从子。从，不是依从之从，倒径是主从之从，以父，夫，子为主而己为从也。专说做老婆的阶段吧，如前所说，经济权操在老公手里，住在老公家里，姓老公的姓，生的儿子接的老公家的禋祀，她什么都没有，只有一点点可怜的几乎是滑稽的地位，即她是老婆，也就是老公的性的对象。老公而要眠花宿柳，偷情纳妾，她就连这一点点可怜地位，也发生问题了。她再还是什么呢？吃醋，不必说别的道理，只说为了自卫，也无可非议。

第三，有以不屑与老婆计较为怕老婆的。有的老婆，固然像前面说过的有许多可敬爱之处，却也有毫无可敬可爱，而愚顽无知，不可理喻，却又喜欢惹是生非的。旧社会中，婚姻不由自主，结婚了又不能离婚，碰到这种老婆，为了减少麻烦，老公只好让步。

以上三种，其实都不能算是怕老婆。

四　真怕老婆在老公是天公地道在老婆是遇人不淑

有没有真怕老婆的呢？当然有。但说起来却是老婆的悲剧。“良人者所仰望而终身也”，女人都希望嫁一个有声望、有地位、有丈夫气概、知识能力都在自己之上的老公，走出去，旁人看见了，即使口里不说，眼光却关不住：“这位是某夫人！”这样她就遍体光辉，连自己也觉得自己年轻了二十年，漂亮了一百倍。回到家来，铺床叠被，殷勤体贴，纵然挨老公几声责骂乃至责骂以上，也都忍气吞声，心甘情愿。若是嫁了一个无志无能，庸懦愚昧，奇形怪状，谁也看不起的老公，自己又并不那么无德无知无才无貌，那就连旁人也会愤愤不平："一朵好鲜花……"，"痴汉常骑骏马走……"，自己又怎能不"哑子吃黄连，有苦说不出"呢？眼看见别人的才貌不过和自己相仿，有的甚至在自己之下，谁不是郎才女貌，洋洋自得？独有自己的，三分像人，七分像鬼，车不转，拨不亮，叫不应，赶不走，真叫人越看越气，越想越恨，这一股子怨气，不发在他身上还发在谁身上？老公方面，大概也自惭形秽，自知非分，只好俯首帖耳，唯命是从了！

举例来说，像朱淑贞、双卿，那种才德俱全的女性且不谈；就谈潘金莲吧，难道嫁给"三寸丁谷树皮"的武大郎，别的道理不讲，单就模样、智能方面，可算匹配得当么？试问武大郎怕老婆，是不是天公地道？潘金莲嫁给他，是不是"遇人不淑"呢？这自然是一种极端的例，但真怕老婆的人，恐怕多少都具有武大郎或者别种缺点。所以女人决不愿老公怕自己；怕老婆的人不但为老婆所不喜，也被别的女人所嘲弄。这也许是习惯的成见，但如果是根本看不起无用的男人，则她们并没有错。

另外也还有真怕老婆的人：一种是仗老婆的势而升官发财的，如从前的驸马都尉之类的官以及各样的豪门赘婿。他们有老婆就有一切，没有老婆就没有一切，老婆是金枝玉叶，他不过服侍金枝玉叶的面首，怎敢不怕呢？另一种虽非驸马都尉，也定是同等阔人或更阔的人。这种人，尽管有秘书老爷替他们说“霖雨苍生”，“膏泽下民”，其实倒总是从“苍生”“下民”那里吸收点“膏泽”乃至“霖雨”去的。而且还必须有一些另外的蝇营狗苟，才能有今日，维现状，图发展。这一切，也许瞒得过别人，却瞒不过老婆；有些事还正要老婆出面，自己才好装得像煞有介事；至于献美人计，拉裙带关系，更非老婆不行。一经这样，如果再加上惹草沾花，对不起老婆，老婆大人虎威一发，一切都可能完蛋，那就只好怕老婆了！不过这是阔人们的事，我们知道得太少，还是不谈吧！

五　怕老婆故事未必多更未必好

现在，接触到胡适的论点吧！他似乎只注意在怕老婆的故事，而不在怕老婆本身。我们就谈故事。

怕老婆是一回事，怕老婆的故事是另一回事。表面上看，怕老婆故事多，似乎就是怕老婆的人多，其实刚刚相反。正因为怕老婆的人少，怕老婆的事才被认为稀奇，不正常，可耻可笑，才被编成故事，传播开来。如果怕老婆的人多，怕老婆的事，大家司空见惯，习以为常，谁能觉察得出？纵然觉察，也都彼此彼此，心照不宣，又怎会传为故事呢？新闻记者们有言“狗咬人不算新闻，人咬狗才算新闻”，就是这意思。不然，前面说过，怕老公的事，真是滔滔者天下皆是也，何以没有一个故事称之曰怕老公，而且连“怕老公”这术语都没有呢？

中国是否怕老婆的故事特多呢？很难答复。如果不能把世界各国流行民间的同类故事全部或大部知道，谁多谁少，也很难断定。不错，我们知道中国的这种故事特多，那是因为我们是中国人，在中国的时间久。但除了一些小笑话以外，真正反映在文学上的故事，也并不特多。几种文学价值较高或流行较广的书，如《红楼梦》、《水浒》、《金瓶梅》、《儒林外史》、《西游》、《三国》、《封神》等，或全无这种描写，或写得极少，极不重要。《水浒》虽写过怕老婆的武大郎，却也写了更多的杀妻的英雄——宋江、杨雄、卢俊义。《聊斋》上有几篇：《马介甫》、《江城》，但在三百多篇中，篇数也未免太少。不但中国，各国文学都少有这种故事。怕老婆的事实，客观现实中本就少有，较深地观察，又恐怕还可以看出和现象相反的东西来。大作家所乐于表现的女性，往往是林黛玉，安娜·加里宁娜之类的牺牲者，因为妇女处于牺牲地位，无可争辩。只有低级的糊涂的作者，才写怕老婆之类的无聊故事，如《十日谈》、《聊斋》、《笑林广记》等。

所谓故事，又是一些什么东西呢？以《马介甫》为例：怕老婆是完全没有原因的（《江城》中的怕老婆是由于前世冤孽），不但老公怕老婆，连公公也怕儿媳妇，叔叔也怕嫂嫂，侄儿也怕伯母，甚至客人也怕主妇，怕得不近情理。中间一个插曲：异人马介甫给一种“丈夫再造散”，那懦夫（杨万石）吃了，他一时怒从心上起，恶向胆边生，看见老婆就打，打得老婆反而怕他了。但等到药力一消，他仍旧怕老婆。后来，老婆改嫁给一个屠户，想发发旧日威风，不料屠户不接受，把她吊起来，在她屁股上割下一块肉，任她叫喊，头也不回，径自上街做生意去了。以后，老婆永远怕这屠户。要不怕老婆么？要做“丈夫”么？方法简单得很：打她！割她的肉！——就是这故事的教唆。别的怕老婆故事，纵然不说得这么明显，基本意义也离不了“切莫忘记带鞭子”之类。如果这样的故事一多，就容易民主，那所谓民主，恐怕也无非鞭子和屠刀的民主吧！

六　结论

男女平等，夫妇平等，才是真民主；尊重女

权，尊重妻子儿女的人格和人权，才是真有民主思想的人。只有多有这种互相尊重的平等夫妇，才可以说容易民主；只有夫妇平等成为普遍现象，才可以说已经民主。但这样的夫妇关系，却与怕老婆毫无共同之点。怕老婆是老公怕老婆，它的不合理，正和怕老公一样，都与民主无关。

胡适所说的怕老婆是真怕老婆么？则无异说多有武大郎、杨万石之类的人或马介甫之类的故事，就容易民主了。这玩笑未免开得太无边际。是并非真怕老婆的那些反常现象么？则不但堂堂学者，大学校长，自称“读书人”的读书人，不应与一般人的见解一样；而失掉某种胡作非为的“自由”的怕老婆者，也与民主精神太相违背。是平等夫妇么？诬平等夫妇为怕老婆，则又无异在平等夫妇的鼻子上抹一道白粉叫他们“好看”。虽说“好看”倒是胡适自己，而不是平等夫妇或者别的。

仿佛听见了胡适的辩解：“善未易明，理未易察呀！”如果这就是一切，那真是胡说万岁！

一九四八年四月二十九日 九龙

【选自聂绀弩著《二鸦杂文》香港求实出版社一九四九年版】

论武大郎

上

武大郎安份守己，勤勉而良善，顺从他的妻子，友爱他的弟弟，和邻居们从不发生什么纠葛，是好人和良民的标本。然而他的老婆被人奸占了，他的性命断送在奸夫淫妇（这只是法律上的名词吧，但此处正用得着!）和“马泊六”手里了！岂但如此，还落下一个“王八”之名，千百年下，好开玩笑的常用他的名字作揶揄别人的用语，好像他不是好人和良民的标本，反是王八的标本！这是怎样一个不问是非，不分青红皂白的世界呀！又是怎样一些不问是非，不分青红皂白的人们！活在这样的世界上和人们中间，用胡风先生的话说：就是“在混乱里面”！

请问：他犯了什么罪，应该得到这样的结果?

他矮。这是他的错么？晏平仲也矮，为什么

没有得到同样的结果？王矮虎也矮，为什么不但不失掉老婆，反而得到老婆呢？

他样子不漂亮。这又是他的错么？“不意天壤之间竟有王郎”，这是晋朝一位阔太太讲的话。那位王郎，样子就不漂亮，虽然不能可太太之意，也没有得到武大郎的结果呀！

他没有学问。但西门庆又有什么学问呢？最没有学问的莫过于晋惠帝（?），他说：“天下饥，何不食肉糜?”但还做皇帝咧！

他的老婆太好看了。笑话，西门庆有六个“房下”，一个赛似一个地好看，他的老婆不过其中之一。

他穷。对了，他穷。但颜回也穷，“一箪食，一瓢饮，在陋巷”；原宪也穷，“捉襟则肘见，纳履则踵决”；黔娄也穷，“夫妇对泣于牛衣中”，穷人实在太多了！

他卖炊饼。当然，他卖炊饼。但炊饼这东西到处都有，也就是到处都有卖炊饼的。难道人人都像武大郎那样结局么?

这些原因，分开来，一个也搔不着痒处；但合起来，武大郎就死于非命了。

武大郎穷，卖炊饼，这不是什么高尚职业；在旧世界，凡靠体力劳动吃饭的，都不高尚。一表非凡地不像样子，贫穷和低微的世袭者又怎么会像样子呢？大概没有读书，像他这样地位的穷人大都很少机会读书的。从优生学（一名淑种学或遗传学）的立场说，是一种愚劣的人类，根本没有传种的资格，不应该有老婆。我想潘光旦教授一定会同意。这决不苛刻，为学术、为人类、为种族、为国家、为人民，都有这必要。而最必要的还是他自己。假如没有老婆，他就不会惨死！也许有人怀疑，断子绝孙的阿Q也没有老婆，为什么也惨死了呢？这不同。阿Q偷人家的东西，又想革命；我们的武大郎却不那样。再说，阿Q也不算惨死，是国家拿去明正典刑了的，死而与国家有关，怎么算惨呢？但优生学恐怕也真有一个缺点：天下固然有许多愚劣的男性，不应该讨老婆；另一面是不是也有许多愚劣的女性，不应该嫁人呢？如果有，不嫁不娶，自然最理想；问题是那些愚劣的两手两脚的禽兽，既然愚劣，当然不懂得学术，也不懂得为人类，为种族，甚至为他们或她们自己的这种替天行道。参天地之化育的学者：圣贤，思想家们的苦心孤诣。如果禁止他们和她们之间的嫁娶，一到春机发动期，他们和她们就会按捺不住，乱来一回，不但安宁秩序，说不定与国际观瞻都会有损。庄严神圣的优生学，至少在“为国家”这点上，还未达到完善周密之境。放宽尺度吧！在国家面前，学术多少让点步，就准许那些狗男女们去如此如此吧。但须有个限制：愚劣的男性只能跟愚劣的女性配合！真的，武大郎如果讨一个粗脚大手，笨嘴笨舌，有水牛般力气，帮她的丈夫挑水、砍柴、生火、和面，挑着担子到街上喊："热炊饼呵！"那才真是天生一对，地造一双，龙配龙，凤配凤，一定会夫唱妇随，白头偕老的。然而幸乎不幸乎，不幸乎幸乎，他的老婆却是那如花似玉、千娇百媚的潘金莲，于是，"天下从此多事矣！"诗曰："骏马每驮痴汉走，巧妻常伴拙夫眠，世间多少不平事，不会作天莫作天！"多少高贵人家，三妻四妾，粉白黛绿，争妍取怜，谁也不哼一声；西门大官人就是现成的例子。贫贱人只讨了一个老婆，那老婆也没有别的什么，不过模样儿长得好看一点罢了，天下之人就如此愤愤不平，好像一定要他和她分散拆开，最好叫那"巧妻"陪他——那位作诗的"巧夫"眠眠，这才天公地道，心满意足。有道是："千夫所指，无疾而死"，武大郎就死在这"千夫"的"指"里！人，只要有钱，有地位，堂堂一表，不管怎样为非作歹，卑污贫贱，坏得像西门庆，或者还坏十倍百倍，只要不把番僧的药吃得太多，都可安享天年，生荣死哀。贫贱丑陋，不管如何良善，如何爱妻，友弟睦邻，不损人，不利己，只靠自己的劳力养活自己和家人；别的不说，就是老婆好看一件事，也可以死于非命。这似乎太不像人间；的确是事实，武大郎的结局，是个有力的证据。

中

有这样的意见么？武大郎不过小说上的一个不重要的人物，那事件也不过是一件偶然的事件，用不着据以愤世嫉俗。

我决不愤世嫉俗，但也决不停止把旧世界的真情实态指示给你。

不错，武大郎是个小说上的人物，但为什么一定不重要？世界上最可贵的是这种人，最多的也是这种人，不声不响，忍辱含垢，克勤克俭，用劳力养活自己，养活家人，同时也养活全世界。没有这种人就没有世界，为什么不重要？——别乱扯了！我是说在小说上，他不占重要地位！——你这样说，为什么？《水浒》可以没有他么？《金瓶梅》可以没有他么？没有我聂绀弩，《大公园》还是《大公园》，《野草》还是《野草》，文坛还是文坛，世界更还是世界；但没有武大郎，想想看，《水浒》就不成其为《水浒》，《金瓶梅》更不成其为《金瓶梅》了。他在小说上的地位比你我在这现实社会占的地位重要得多。

其次，那事件为什么是偶然的呢！他姓武行大，偶然；他的老婆叫潘金莲，偶然；那奸夫名叫西门庆，更偶然。但像他这样地位的人，有了好看的老婆，不能保住，甚至性命也要陪上，这件事却决不偶然。

我是在一个小城市里生长的，那城里的事情有许多我都熟悉。跟别处一样，那里也有生得好看的女的，大都是有钱有势（就那小地方而言）人家的小姐，经过某种手续之后，变为少奶奶，奶奶，太太。她们不一定没有艳史韵事，但与我们的问题无关，且不谈它。低三下四的穷家小户，比如差人（司法警察）、打渔佬、裁缝、厨子、皮匠、剃头佬、武大郎的同行等等，女的常常不好看。人果有好看的，不管是老婆也好，女儿也好，首先就一定偷人；不偷的只算是例外。偷同等地位的如果不是没有，多数却是偷那些有钱有势人家的少爷或店铺老板。其次是逐渐把偷偷摸摸的事变为公然；再就是变为职业，原来的职业反变为副业，或者根本放弃。我们那儿，偷外面的妓院的那种东西是没有的，这一点比清河县差远了。因此把别人的妻女买来做摇钱树的事情也没有。如果有鸨母，那就是“姑娘”的真正母亲或婆婆，而龟头、大茶壶等等，又正是她的丈夫本人。听见过好几个这种传说；某人看见他的老婆了就发抖流汗，走拢去就头痛；某人跟老婆睡在一个床上就生病，单独睡就好；某人跟老婆睡，一夜你摸不着我，我摸不着你，像有一道墙隔住了；有缘千里能相会，无缘同床不能欢，顺理成章，底下是与其备而不用，又何不沾她一点光，图一条生财之道呢？这是摇钱树是老婆的场合，如果是女儿，则更简便，连传说也免了。姑娘们的结局有好几种：其一，嫁给外面来的文武官员做太太或姨太太。父母变为岳老太爷、岳老太太，兄弟变为舅老爷，荣耀之至！原来有丈夫也不要紧，花一笔钱，买一张“脱头”；这却比清河县文明多了，西门庆晓得用这办法，就会少欠一条命债，免掉许多麻烦！其二，嫁给本地的大好佬做姨太太（本地人讨姑娘做正印夫人的差不多没有），等太太归天了扶正；其全家光荣同上。其三以下不必说，不嫁或不幸短命死矣的也多。说清楚了没有？穷家小户的美人儿，总是老爷、少爷、先生，老板们宠幸的对象，或者共同宠幸，或者独自宠幸，例外几乎没有。要不要补充一句傻话？大户人家的太太，奶奶，少奶奶，小姐，前面说过，不是没有韵事，甚至偷和尚的都有；但偷差人、裁缝、厨子，终于向丈夫买了脱头，改嫁给差人之类的，信不信由你，连半个也没有！沈从文先生曾写过一个故事，《爱欲》：一个皇后，私奔一个没有腿的乞丐，每天用车子推着那乞丐在街上讨饭。那皇后决不是我们那里的人！

岂止我们那儿，在旧世界里，什么地方，什么时候，不是这样？请想想《复活》的女主角吧，想想《大卫·高柏菲尔》里面的小爱米雷吧！想想《金瓶梅》里面的春梅、宋蕙莲、王六儿、贲四嫂、如意儿、李娇儿、郑爱月吧！想想《红楼梦》里的香菱、平儿、尤二姐、多姑娘、袭人、柳五儿吧！想想《海上花》《花月痕》吧，想想《日出》和《雷雨》吧！真是数不尽的千千万，说不清的万万千；无论怎样的美人儿只要出身寒微，结果都一样：不是西门大官人之流的“房下”，就是外室，再不就变为妓女、女伶、交际花、舞女、女招待、女擦背、女向导，伺候大官人们。

武大郎的老婆被奸淫被占去，是偶然的？

旧世界的强盗、痞棍、恶鬼们，什么都要抢到手里，权力、名位、高楼大厦、绮罗纹锦、珍馐美味、黄金、外钞，一切一切，而最别致的一种东西（是的，东西，这里决没有修辞上的毛病），便是美人——这似乎有点侮辱女性，但无法，事实如此！我愿女性们也跟我们一道想想这怪事，在抢的过程中，少不了有些牺牲者，牺牲的样式又名目繁多，武大郎不过是其中之一。

下

婚姻应该以爱情为基础。没有爱情的婚姻，哪怕只是片面没有，也不应该存在。潘金莲不爱武大郎，爱西门庆，除了从封建道德的立场看，她没有错。她的本意，不过通通奸，调剂调剂生活的枯窘，后来因为武松的巨影威胁她们，这才一不做，二不休，置武大郎于死地；终于自己也被杀掉。我们也许应该同情武大郎；但从旧世界的妇女生活的无边黑暗这一点看来，潘金莲是不是也值得寄与若干同情呢？

问题不在这里！问题在：你所说的应作为婚姻的基础的爱情，究竟是一种什么东西？爱情，不错，应该有它的崇高，圣洁，使人勇敢，使人趋向战斗的一面；但同时也有卑贱，丑恶，甚至渴血的一面。我们虽然不赞美用自己的血灌溉爱情的人，但有时也无法吝惜一掬同情之泪；至于倚仗恶势力，拿别人的血来培养自己的爱情，无论是什么威胁着她，都是可恨可耻的，纵然是无知到像潘金莲，也无法饶恕；除非由于战斗，在战场上流了敌人的血。因此潘金莲与人通奸，犹可恕也；像我们那里的姑娘买了“脱头”抱琵琶上别船去，犹可恕也。这自然也使人痛苦，但痛苦究竟不是直接的血；直接流人家的血，是又当别论的。

但问题还不在这里。问题在：潘金莲这种人的爱情，永远无例外地向着西门庆，永远无例外地不向着武大郎。当然，武大郎穷，社会地位又低，样子又丑，人又老实，不会，也没有功夫温存老婆，有什么可爱呢？至于西门大官人，那太不相同了，怎样的一表人才，怎样的一身穿着，怎样的一派谈吐，怎样的知情解趣呀！“潘驴邓小闲”，尽管还有一些并非一望而知的，但只就可以一望而知的几点说，也多么足以使人一见倾心，相见恨晚，情甘意得，死心塌地呀！

高尔基著的《二十六个与一个》，写二十六个面包师同时以一个少年女工为偶像，献给她无上纯洁的爱情。但那女工没有把她的爱情施与给二十六个中的任何一个，虽然每晨都来接受他们的走私的面包的供养——那面包里面有二十六颗心，她却一点也不觉得。另外一个较为高级的面包师，是一个流氓、大兵式的女性玩弄者，只把嘴向她一挑，她就纵身入抱了。

也许这还不够明显。莫泊桑的《莫南那公

猪》，写一个小贩莫南在一次夜火车上邂逅了一位高贵的小姐，恰巧车厢里只有他们两个。那位小姐对莫南自然睬也没有睬。莫南这不揣冒昧的癞虾蟆却在旁贪馋地望那小姐，越望越爱，越爱越望，竟自己也莫名其妙地跪在那小姐面前了，活像阿Q之于吴妈。以下怎样呢？小姐大声呼救，惊动了别的车厢里的乘客和车上的警察，把小姐护送回家，莫南带到局里去问罪——他从此得到一个绰号："公猪"，即专门传种的那种"公猪"；用《金瓶梅》上的话说，就是"属皮匠的——缝（逢）着就上"。消息传出去之后，小姐也成了名人，常有新闻记者来拜访，一个年轻绅士（即小说中的"我"）跟一个记者也来了。小姐和她的父亲一同出来招待，父亲陪记者，小姐陪绅士，都谈得十分入港。天晚了，两位远客留在她家住宿（这人家是乡下）；半夜，绅士去敲小姐的房门。"谁？""我。""做什么？""借本书看看。"门开开，绅士进去，她就献出了她的"书"的任何一个篇页！这是什么意思？这是说，爱情，那小姐的爱情，对于一个小贩，隔着山，隔着海，隔着铜墙铁壁；对于绅士，连空气也不隔！

想想简爱（《简·爱》）吧，她知道她的主人爱她的时候，她是怎样的衷心感激！想想贾瑞

(《红楼梦》)吧，王熙凤对他是怎样残忍！想想宋蕙莲(《金瓶梅》)，一被西门庆宠幸，是如何志得意满，趾高气扬！想想春梅(同上)，对她的音乐老师李铭——勾栏里的王八，是如何"正色闲邪"，凛若冰霜！爱情，至少，在某些女性那里，是长着一双势利眼的！不错，潘金莲也爱过武松，那只能比之于梁红玉的爱韩世忠，识英雄于未遇时，料定或认为他将来会不错；武松其实是现在也不错，在碰到西门庆之前，他是无可比拟的。因之，仍旧含有势利的成分。

婚姻应以"爱情为基础"，这是一句好话。但在旧世界，在有着西门大官人和武大郎的分别，有着贫富贵贱的分别，你怕不怕吓人的字眼，有着阶级的分别的旧世界，爱情本身，这里专就女性方面说，永远长着势利眼。蛟龙不是池中物，美人儿绝不是贫贱人的被窝盖得住的，除非女性自己有了觉悟。

历史上有一个女词人朱淑贞，她的名句是"月上柳梢头，人约黄昏后"，嫁给一个木匠了，我们同情她；《西青散记》有一个才女双卿，她的名句是"春容不是，秋容不是，只是双卿"！嫁给一个农夫了，我们又同情她！为什么呢？这样的美人佳人，本应该嫁给达官贵人英雄名士，今竟为贫贱的工农所有，未免太委屈了！关于潘金莲、欧阳予倩曾辩护于前，我在《论怕老婆》一文里也说她遇人不淑。这些意见，也许并非全无道理，但除了为既得利益阶级服务以外，毫无其他作用！而且如果朱淑贞、双卿、潘金莲值得同情，为什么她们的丈夫，讨了“人约黄昏后”的老婆的丈夫，尤其是惨死的武大郎，反而是不值得同情的？

亲爱的哟，把你的观念改变过来！

一九四八年九月二十九日 香港

【选自聂绀弩著《二鸦杂文》香港求实出版社一九四九年版】

论 娼 妓

一

娼妓是恶之花。生长于恶的土壤之上，吸收的阳光、水分、空气，无一而非恶，人类的恶，制度使人变成恶的恶呀！只有她自身至少不是恶，如果不可径说是善。

这花，也有古老的名字：火坑莲。莲者，“出污泥而不染”者也。

二

娼妓是淫荡者？不！娼妓是不被允许有节操的圣洁者。没有谁像娼妓一样从心底憎恨性行为，以它为羞辱，为苦痛，为灾难，而无法摆脱。

无论怎样纯贞的情侣，无论怎样贞淑的夫妇，一当她们在一起的时候，都太猥亵了！

一切人的性行为都有淫荡成分，唯娼妓则否。

娼妓是风化的妨害者？不！是被风化妨害者。正因为有所谓风化，有人要维持风化，所以另一方面不能不有娼妓。娼妓是社会秩序、幸福家庭的破坏者？不！是被社会秩序、幸福家庭所坑陷者。正因为有所谓社会秩序，幸福家庭，有人要维持这秩序，这家庭，所以另一方面就不能不有娼妓。假如现社会的其他条件不变，只是没有娼妓，至少在都市上，必会更多奸淫，更多情死，更多谋杀。会不会还有风化或幸福家庭，是可疑的；社会秩序的尊严，是可疑的！

娼妓是病毒的传播者？不！娼妓是法定的病毒的吸收者。在一切人之中，再没有如此宿命地以身殉病的了。

三

娼妓是文明的怀疑者。她用自己的存在，证明这文明包含有人身买卖与性的买卖。

娼妓是人性的怀疑者，有人买她，有人卖她；谁买，谁卖；如何买，如何卖；她知道得很清楚。

娼妓是父母的怀疑者，尤其是父慈母爱之类的说词的怀疑者。她也是父母的女儿啊！她们中间，很多是被父母卖掉或被父母逼迫的。假如她们能够不卖掉或逼迫她们，现在也许正在炫示他们的“养育之恩”咧！

娼妓是妇德——贞操之类的怀疑者。一切没有成为娼妓的妇女，是因为她们可以不成为娼妓。她如果也可以不成为娼妓，她早就不是娼妓了。

同时，也是庄严的男性的怀疑者。他们中间自然没有娼妓，那是因为他们不能成为娼妓的缘故。但安知没有自恨不能成为娼妓者？

四

再没有像娼妓的品德这样无可非难的了。

她卖弄风骚？她应该卖弄风骚！她迎新送旧？她应该迎新送旧！她搽胭抹粉，奇装异服？她应该搽胭抹粉，奇装异服！她花言巧语，虚情假意？她应该花言巧语，虚情假意！她……？她应该……！

一切都是职业规定的。

倒是附庸风雅的薛涛，桴鼓助战的梁红玉，却未免多事。但也证明了一事，即娼妓何事不如人——她们中间不也有才女贤妻么——而竟沦为娼妓！但也无须证明，雅典的娼妓本来都是女智识者。

但非职业的娼妓，无论男女，哪怕只具有那品德的一枝一叶，都是可耻的。而且人们怎样会具有那种品德呢？从娼妓学去的么？如非其人在娼妓之下，何至以娼妓为师？不是从娼妓学去的么？足见那种品德非娼妓所独有。

五

为什么有男女？为什么只有女性才能做娼妓？为什么有娼妓制度？

如果是自然的划分，自然是错误的！如果是历史的演化，历史是错误的！如果是社会的促成，社会是错误的！

娼妓是为这一切错误而牺牲的受难者！

六

最需要帮助而最无助，最需要得救而最无自救能力的是娼妓。

在一切不幸者中间，娼妓将是最后的得救者！

七

向娼妓骄傲吧，轻视她，唾弃她，践踏她吧！一切人间的幸运儿们！

【选自聂绀弩著《二鸦杂文》香港求实出版社一九四九年版】

我若为王

在电影刊物上看见一个影片的名字：《我若为王》。从这影片的名字，我想到和影片毫无关系的另外的事。我想，自己如果作了王，这世界会成为一种怎样的光景呢？这自然是一种完全可笑的幻想，我根本不想作王，也根本看不起王，王是什么东西呢？难道我脑中还有如此封建的残物么？而且真想作王的人，他将用他的手去打天下，决不会放在口里说的。但是假定又假定，我若为王，这世界会成为一种怎样的光景？

我若为王，自然我的妻就是王后了。我的妻的德性，我不怀疑，为王后只会有余的。但纵然没有任何德性，纵然不过是个娼妓，那时候，她也仍旧是王后。

一个王后是如何地尊贵呀，会如何地被人们像捧着天上的星星一样捧来捧去呀，假如我能够想象，那一定是一件有趣的事情。

我若为王，我的儿子，假如我有儿子，就是太子或王子了。我并不以为我的儿子会是一无所知，一无所能的白痴：但纵然是一无所知一无所能的白痴，也仍旧是太子或王子。

一个太子或王子是如何地尊贵呀，会如何地被人们像捧天上的星星一样地捧来捧去呀。假如我能够想象，倒是件不是没有趣味的事。

我若为王，我的女儿就是公主，我的亲眷都是皇亲国戚。无论他们怎样丑陋，怎样顽劣，怎样……也会被人们像捧天上的星星一样地捧来捧去，因为她们是贵人。

我若为王，我的姓名就会改作："万岁"，我的每一句话都成为："圣旨"。我的意欲，我的贪念，乃至每一个幻想，都可竭尽全体臣民的力量去实现，即使是无法实现的。我将没有任何过失，因为没有人敢说它是过失；我将没有任何罪行，因为没有人敢说它是罪行。

没有人敢呵斥我，指摘我，除非把我从王位上赶下来。但是赶下来，就是我不为王了。我将看见所有的人们在我面前低头，鞠躬，匍匐，连同我的尊长，我的师友，和从前曾在我面前昂头阔步耀武扬威的人们。

我将看不见一个人的脸，所看见的只是他们的头顶或帽盔。或者所能够看见的脸都是谄媚的，乞求的，快乐的时候不敢笑，不快乐的时候不敢不笑，悲戚的时候不敢哭，不悲戚的时候不敢不哭的脸。我将听不见人们的真正的声音，所能听见的都是低微的，柔婉的，畏葸和娇痴的，唱小旦的声音：“万岁，万岁！万万岁！”这是他们的全部语言：“有道明君！伟大的主上啊！”这就是那语言的全部内容。没有在我之上的人了，没有和我同等的人了，我甚至会感到单调，寂寞和孤独。

为什么人们要这样呢？为什么要捧我的妻，捧我的儿女和亲眷呢？因为我是王，是他们的主子，我将恍然大悟：我生活在这些奴才们中间，连我所敬畏的尊长和师友也无一不是奴才，而我自己也不过是一个奴才的首领。

我是民国国民，民国国民的思想和生活习惯使我深深地憎恶一切奴才或奴才相，连同敬畏的尊长和师友们。请科学家们不要见笑，我以为世界之所以还大有待于改进者，全因为有这些奴才的缘故。

生活在奴才们中间，作奴才们的首领，我将引为生平的最大的耻辱，最大的悲哀。我将变成一个暴君，或者反而正是明君：我将把我的臣民一齐杀死，连同尊长和师友，不准一个奴种留在人间。我将没有一个臣民，我将不再是奴才们的君主。

我若为王，将终于不能为王，却也真地为古

今中外最大的王了。“万岁，万岁，万万岁!”我将和全世界的真的人们一同三呼。

【选自聂绀弩著《血书》群益出版社一九四九年版】